蒲甘夕戀
Late Sunset in Bagan

目錄

CONTENTS

蒲甘夕戀

序幕

「是我，那個彈鋼琴的男孩……就是我。」

車子正駛下葡京酒店附近的天橋，到了橋腳，司機急轉汽車到路旁，可能衝力太大，路旁一列水石榕，頓然飄下片片白花。

司機把視線由倒後鏡，回頭轉到乘客身上，緩慢地把頭抬起，正當四目交投那一刻，他的眼通紅了。

「真的……是你？」聲音突然變得低沉，而又不肯定。

乘客點了頭，緊繃的嘴脣意味著他肯定的答案，默不作聲。

兩人凝望著，車廂只有蕭邦的敘事曲。

「我好掛住你。」司機低著頭。「三十年了。大概已經有三十多年。」

「將近四十年了。」乘客語調帶點喘息，心脈隨著起伏的敘事曲而急跳著……

剃度

高大的年青僧人，魁梧的單膊肌肉蠕動著，拇指與食指拈著鋒利的刀片，唐尼的古怪髮型，很快地，便在撒落花巾上的髮碎背景前消失。他跪在木地板上，看著表親的雙手，緊握著花巾的四角，目送對角相接，花巾連同剃髮帶走。他凝視著褪色的寬長木地板，疏落的板隙，露出了寺院地基上的溼潤黑土，上面鋪著嫩嫩而青綠的崩大碗，對比著木地上斑斑脫落的棕紅色。唐尼的耳邊，伴著老憎的喃喃佛經，跪著的雙腿快要麻木了。

唐尼的「表哥」——大家彼此暫定這個默認的遠房親戚關係。他放下了挾在臂彎下的官方報章，禮貌地接過了花巾，小心翼翼地行開了。印花粗糙的花巾，牡丹花上的顏色，越界地印在鳳凰身上，巾角邊的「中国制造」，在表哥背影後，都一一消失在眼前。

年青僧人把唐尼扶到窗邊，長長的棕紅色窗框，如房門般高。唐尼被指示再次跪下來，僧人把他的光頭輕輕按出窗邊。唐尼回想起二十年前的第一次剃度，這種按頭舉動，有如斬首處決，皮膚上不期然有點疙瘩。

唐尼垂著頭，等著下一步儀式的指示。地面上的崩大碗更加清晰了。但那青蔥的背境，亦難掩唐尼把頭伸出窗框前，目睹表哥放在窗旁木椅上，那報章圖片所掀動的思緒，一幀昂山素姬與美國國務卿希拉莉的合照。

茉莉花與雞蛋花的花瓣，隨著混有香薰的井水，倒在唐尼的頭上。年青僧人開始喃喃有詞，一手拿著銀色鑿花的水兜，一手撫摸著唐尼的頭，再次把水連花瓣緩緩倒下。

雪白而帶綠的茉莉花，伴著微黃的雞蛋花瓣，拍打在崩大碗上，嫩綠而長長的草莖都彎下腰來。唐尼的雙眼，開始被井水弄得模糊起來；但在鄰窗瀉下的一瓢清水，卻奪目得令他的雙眼清楚地看到血紅的玫瑰花瓣，混在橙色與淡粉紅的龍船花上。

唐尼微側頭顱，眼珠斜視鄰窗剛剃度的人——阿凡，似乎為他剃頭的僧侶是個新手，他一邊命令小僧侶代他倒水，一邊連忙補剃阿凡頭上還未剃淨的毛髮。阿凡動也不動，緊閉的雙目，成為兩邊額側沿落井水的匯合點，小水柱由尖尖的鼻梁垂流而下。

經過一番誦經禱告，老僧人示意小僧侶扶起合十蹲在地板上的唐尼與阿凡。在離開佛祖坐像之前，唐尼雙腳麻痺得差點站不起來，阿凡從旁攙前扶他一把。

兩人換上袈裟，再次步出神壇。阿凡披上奪目的橙黃色，唐尼的袈裟暗紅得像西藏喇嘛的僧袍。大抵上連唐尼也不清楚兩件袈裟顏色為何有異，他揣測，可能因為這次是他第三次剃度為僧，而阿凡是第一次。

因為唐尼的母親於零三年，在香港染上疫症而去世了，加上阿凡也沒有雙親，所以母親跪拜兒子身上袈裟的儀式，也就免卻了。兩人赤足步下寺廟，雙手托著黑色的漆盤，貫穿兩旁盛裝的「親友」，歡笑的旁人，一一送上禮物在漆盤上，林林總總的和尚日用品及食物；唐尼的樣子很「自在」，阿凡卻有點尷尬。

蒲甘夕戀

掛單

唐尼與阿凡在一位小和尚帶領下，步出了古寺後面的樹林，阿凡仍不斷回頭張望兩列大樹盡頭，他們曾「探訪」的地方——那處有幾座以竹枝蓋搭的草房。房子雖小，卻以粗壯的竹枝高高地支撐著，近寺院的一座似乎倒下了。阿凡之所以不停回頭認路，是因為今次踏足緬甸，是他人生中的第一次出遠門，水土自然不服了。

四百多年的古剎，居室是木建的，飲用的是井泉水，沒有電源，以柴生火煮食，以蠟燃光閱經；好一個原始而刻苦的生活，一切寄於自然。

人有三急，和尚都會跑到老遠的樹林，爬上高高的茅寮去解決。和尚每天只進食一次，大多在晨早七時，到了八至十小時後的「指定動作」，也不外乎在下午三時到五時進行，天光日白下，那又何來「不便」。經年累月，人人也慣了。茅寮下土坑，日久填滿了，就以泥土蓋上，新的草房在茅寮倒下前已搭好，所以一座座的「高塔」便排列在樹林的盡頭。

離開了叢林，唐尼與阿凡又在小和尚指引下，到了一口十數人也圍不攏的大井。現場已有五、六位和尚正在洗澡。

和尚身上只有兩片棉布，一披上身，一護下體，通常不穿內衣，不踏鞋履。一眾和尚光著上身，閒談說笑地洗濯著。唐尼由小和尚示範下，先把上身棉布弄溼，用肥皂清潔乾淨，晾曬於繫掛在兩樹間之麻繩上，下身的棉布就待沖涼時一併與身體一齊清潔。阿凡的眼神一直聽命於小和尚，動作卻跟著唐尼的舉動。

沖完涼，沒有毛巾乾身，只用手掌把身上剩餘的水珠撥掉，再到樹下，任取一條其他和尚在上次沖身時弄淨的乾棉巾，跟自己下身的溼棉巾替換。唐尼集中地轉換著乾溼棉巾，阿凡忐忑地朝著唐尼的下身望了一眼。

緬甸僧侶就是這樣生活一世，身上沒有一樣東西是屬於自己的，只有佛經中的智慧、助人的積福。阿凡拿下了另一塊包裹上身的乾布，望著一列和尚早晚兩次沖身用淨的袈裟，在夕陽前的陽光下，照曬得分外鮮黃。他呆著了，似乎領略了一點因果，直至唐尼輕拍了他裸露的肩膊，一眾人又隨著其他僧侶往晚課的寺院走去，擊木鐘聲愈來愈近。

禱課的大殿簡樸敞闊，兩邊各有八扇大窗，窗兩邊的棕紅色木百葉已經掩上。大殿前方只有三尊佛像，中間的稍為高大，頭上都置有光環，但金箔已呈暗色。大廳中空懸有很多發黃的蚊帳，光線大部分只靠佛像前的一列蠟燭，以及窗前透過木百葉打在地板上的微光。

大殿內已坐滿了一半僧侶，喃喃地跟著前方高僧誦經。唐尼見中間近窗有點空位，於是示意阿凡一齊走向那邊。他給了阿凡近窗的位置，兩人跟著眾伙兒蹲著合十禱告。百葉窗下一撮掙扎的夕陽愈來愈昏暗，但仍清晰見到懸吊在阿凡膝上的一小角袈裟，在透風的百葉下偶然搖晃。唐尼平衡了久蹲的身軀，木地板作出吱吱的迴響。

不知哪時開始，部分僧侶已經盤膝打坐，有的放下了頭上的蚊帳，自困一隅。透過燭光，一個個蚊帳，像靜候升空的孔明燈。唐尼選了中殿就坐，只因中殿上空才有蚊帳，他是個極為惹蚊之士，可惜他抬頭一望，天花只剩餘一個蚊帳，當兩人的視線由上空轉而互望對方之際，唐尼勉強克服痲痺的雙腳，站起來，解下蚊帳蓋在阿凡身上，輕輕推開阿凡，與自己交換了位置，瞬即合上雙眼，打坐在窗邊。

小和尚不再趨前在佛像下燃補蠟燭了。大殿光線漸漸由一點點燭光的熄滅而暗下來。百葉窗下的一片藍光，隨著夜色愈濃，變得更加深藍。輪廓開始模糊的佛像，在藍光下，古樸的金箔，塑上了另一份慈悲、安寧於莊嚴的臉上。

靜下來，最後的一點燭光也去了，一縷薄煙冉冉而上，淡藍得有點灰白。大部分僧侶已經躺下來，鼾聲在沒有枕頭墊底下，與地板作出了迴響；身上的袈裟拉得愈緊了，夜深的涼風，並沒有趕走唐尼身上的蚊子。

化緣

沒枕無被的夜晚，對兩個落髮新丁並不好過。寒涼的夜晚，各自瑟縮作一團。半醒半睡中，遠處傳來微弱、低沉、節奏分散的敲木聲。漸漸地響聲拉近了，節奏突然轉快而急速。唐尼與阿凡同時突然把頭抬起，皆因貼著地板的耳朵，受到隆隆腳步聲的突擊，僧侶們像走火警般衝出殿外去。唐尼二人側身縮臥在地板上，頭抬起，卻不知所措。

兩人隨眾步下大殿梯級，外面仍是漆黑一片。大隊一窩蜂朝著水聲走去。

未到現場，隔遠已經見到銀兜上上落落，閃光在水氣中晃動，地面傳來倒水的拍打聲。井邊擠滿了比黃昏前更多的和尚，他們默不作聲，大部分都不用肥皂，只顧把水不停由頭淋下。

又回到大殿，各扇窗都打開了，壇前燭光令大殿燈火通明。光線由各戶大窗射出，遠看整座大殿猶如一個生光的珠寶盒。

經過約一小時的早課，僧侶們都起身整理衣裝。唐尼與阿凡不懂自行用袈裟包裹全身，於是旁邊兩個和尚便替他們把袈裟捲成長袖。這個複雜的「捲衣」程式，不但沒有露出單膊，還能包裹出保溫的「樽領」。

一眾和尚在黑夜中通過一條長長的走廊，臨近寺門的時候，各自被派發了一個圓形的黑色漆器，臂彎的弧度剛好把漆器環抱承托。和尚慣例知道自己的排列位置，年幼而矮的先行，高的排後。最前的一個小和尚，負責敲打一片「雲」形的磬。正當起行的時候，發號司令的年長和尚突然步向阿凡，並把他輕輕推到唐尼後面。其實他倆的高度相去不遠，這次對調讓彼此都不明所以。

步出寺院的一刻，天邊已呈魚肚白。穿過密林，赤足的和尚急急走下山坡，本來排列整齊的隊伍，明顯地在唐尼的前後方，騰出了一至二人的身位。一排黑影在晨曦背景下齊步蠕動著，只有偶爾發現中間二人有點顛簸。

一條蜈蚣似的人鍊，在朝霞飄渺的鄉間，步上了一道石橋。橋底溪澗湍急，小瀑布沙沙作響。阿凡望著流水，想起了今早冒寒洗澡，不期然打了一個寒顫，弄得臂彎中的幾層漆器，發出咯咯怪聲。唐尼回頭笑了，朝陽打在他的臉上，增添了笑容的燦爛。阿凡微笑回報，眼神帶點含蓄。這一切都給突然加強力度的磬聲中斷了，橋頭已有村民等候著，和尚的化緣開始了。

聽到磬音的村民都趕到自己的門口，在和尚面前脫了拖鞋，恭敬地送上今早煮好的新鮮食物，老和尚一一送上了祝福。

和尚按照食物的類別，揭開了漆器中不同的層隔。最寬的底層只用作儲存熱熱的米飯，中層的設計有如中國農曆新年時，用來款待拜年親友的全盒，內面分有幾隔，用來擺放不同的料理。緬甸佛家追隨早年釋迦牟尼的生活習性，沿用雜食。中層隔位只是用來分開肉類、蔬菜、辛辣等不同的食料。還有最高的一層，是置水果與甜品的地方。

一位趕及走出門外的女孩，因為錯過了前排的和尚而顯得不安，趕快脫掉的鞋，也在無意中差點兒觸及唐尼的赤腳。她用木勺舀了一點熱騰騰的白飯到唐尼的底層托砵，蒸氣令她臉上剛塗上而仍未乾透的檀香更加瀅潤，一陣舒懷的香氣，隨著一列隊伍，與和尚的祝福，送到逐家逐戶。

裸露的足踝最先感受到早上的寒氣，瑟縮的阿凡原先還來了幾下牙顫。

經過了兩條破落的村莊，托砵內一戶一勺的熱飯，開始將暖意由底部傳到臂彎、胸口，以至全身。阿凡首次感受到和尚與村民的默契，就由那一勺熱飯、一句晨早的祝福開始。

約一個半小時的步行，和尚每日差不多如是地行遍附近所有村落。除了受施食物，送上祝福，這種運動也不愧是項難得的集體晨操，對大家的身心有著相輔相成的健康發展。

回到寺院，當各和尚整理衣裝之際，附近村民義工，已經把收集回來的食物分類，部分還加熱，並分發到食堂的一列小桌上。

食堂前的長方木條敲響了，和尚列隊進場。未幾，食堂內傳來一陣禱告，之後，鴉雀無聲，和尚正進行一日一餐的進食。

午後不食，只能飲水。和尚一早進食後，黃昏前便可潔淨。體內沒有殘餘雜物，加上早睡早起，不斷悟經，這就是和尚為何能夠把生活上的慾念，徹底地放下，達致無慾無求的境界。

佛法

大雨滂沱，簷水如注，昔日四周迴響的誦經聲也幾乎被掩蓋了。阿凡跟幾位高僧上了一課打坐，做了兩小時的練習後，獨自站在窗前呆望雨景。寬闊的窗框經過連日雨水的洗禮，變成上下兩截不同的顏色。倚靠阿凡膝邊的窗檻，雨水積聚在深深的木紋內。雨粉打下去，水紋的反光不時改變形狀，一隻停伏在邊框底部的棕紅色蜻蜓，受到泛光的滋擾，欲飛欲止。不能自我的生活，阿凡深深體會到。

融合大自然的起居，在緬甸人的日常生活中最能感受得到。阿凡目睹左右穿插草徑的村民，沒有一個手上拿著雨具，任由肆虐的急雨，打在盡溼的衫上。每個人都慢走著，遇上親友，招呼外，還來個寒暄。

寺院範圍廣闊，小孩不時在雨中追逐嬉戲。阿凡隨著歡樂的笑聲望到四、五個男女小孩，追趕著一個男孩。這個黝黑而瘦削的男孩邊跑邊回頭，到了接近大殿的那一刻，他蓄意把腳上的「人字拖」，逐一踢到前方上空，然後又逐一拾回。奇怪的是，後面一班追追趕趕的小孩，也同樣地各自把鞋，向前拋的拋、踢的踢，連跑帶拾地，喧鬧的走過了大殿範圍，然後不約而同地結束了這種行為，踏上鞋子，繼續追趕的兒戲。

阿凡正在迷惑著，見一壯男騎著自行車由遠而近。他趁其中一隻腳提升的時候，一手拿掉了腳上的拖鞋。到了殿前，他下了車，彎腰把另一隻鞋拿在手中，赤足拖著單車步過大殿。到了寺院的圍牆，他拋下了手上的雙鞋於牌坊外，穿上鞋，一腳踏上自行車，冒雨駛上了溪邊上的田畿，疾風而去。

阿凡微笑了，謎團已解。當他再次望回兩位還在雨中寒暄的嬸嬸，手中沒有雨具，但各自拿著自己的一對鞋，他更加搖頭苦笑自己的愚昧。

雨勢未停，唐尼挨著寺院下面的木基柱，沿著屋簷，走到阿凡的窗下。棕紅色的大窗，在昏暗的天色下，包裹著阿凡身上鮮黃色的袈裟，加上阿凡那天真的傻笑，這種罕有的色調，感人的情懷，吸引著唐尼的目光，仰望的「孩子臉」溼透了。

大窗已變成了畫框，阿凡帶笑凝望雨景的神色，與畫中人無異，唐尼恨不得自己手上有部照相機。此刻，他只知道不要打草驚蛇，靜靜地多望一眼，把美好的留在腦中。

未幾，阿凡發現了唐尼，他站在茂葉而粗壯的雞蛋花樹下。遍地的黃花，令唐尼溼透的棕紅色袈裟更顯立體。阿凡指手示意地上密密麻麻的黃花，唐尼俯首望向四周，在樹底近後方之處，拾起了淡黃的花，拋向大窗的方向。一串小鐘鈴般的蘭花，落在窗檻上，嚇跑了那隻棕紅色的蜻蜓。

一個打坐完畢的年青和尚拾起了花串，交給了阿凡，他的目光順著阿凡的手指，望了在樹下避雨的唐尼。

「我想他給我的是地面的雞蛋花，不是這種。」阿凡鄭重解釋著。

「這種是時令的蘭花，夜晚才香，而且愈夜愈香。昂山素姬在現時的季節，卻喜歡插上這些花，捨棄她慣常配帶的小玫瑰。」說時他的手已放在光光的後腦袋上。

「至於那種……」說時指著窗邊的雞蛋花樹頂：「是叫『忘憂樹』，通常都種在寺廟或墳場，民居很少會種植。大多數這種蘭花，都喜歡寄居在忘憂樹上，只會在雨季才開花，所以叫做雨蘭。」

阿凡把蘭花往鼻孔一碰，聞到非常清淡的香水味。他又再度苦笑了，目光轉到樹下對他微笑的唐尼：「但願我是這種蘭花，寄生在忘憂樹上，那怕季節的長短。」說時彎腰把花放回窗框角位。窗下的人不見了。

「我今天下午要到別的寺院教英文。」不知甚麼時候，唐尼已上來，並且站在阿凡身邊：「你要留在這裡，還是跟我過去？」

阿凡不假思索地搖了頭。唐尼拍了兩下阿凡的手背：「好吧，那我轉頭就要過去了。」

說罷，他後退兩步，轉身離開了阿凡。匆匆遠去的腳步聲中，阿凡已站回他原來的崗位。

一位手持咖啡色油紙傘的僧侶，伴著唐尼消失在雨中。

大部分在緬甸的寺院，都是學習的地方，也就是學校。尤其是小學，大都設於寺院內，可以說和尚就是村民的啟蒙老師。

不但是孤兒，尤其是家境貧困的、沒吃沒穿的，統統可以把他們送到寺院來，和尚會把他們安置在寺院附近的地方，而自願的村民亦會來照顧他們，供書教學，衣食無憂。小和尚在寺院內長大，成年後，自行決定終生齋戒，抑或離開寺院。

唐尼這幾天就是成為這些學校的傭傭兵，當上了臨時的英文導師。阿凡除了每天學習打坐冥想外，聽道也是重要的一課，其餘時間就是打掃寺院周圍角落。

雨季開始了吧，天空像開了一個洞，水沒完沒了地流下來。寺院內，地上水潭處處。阿凡總是閒來「留守崗位」，在窗前成為一座地標式的塑像。

有一天，一個手抱女兒的父親邊跑邊叫的狂奔入寺院來，水潭被踏得像地雷爆炸般，隨著男人的腳步，每踏中一處，即水花四濺。

隆隆的樓梯聲，和尚們不顧外面的大雨，紛紛跑出寺廟，合力把女孩抬入寺中。廳內已有幾個身邊備有藥物的和尚，心急的留守在地板上。女孩被蛇咬了，寺院的偏廳變成了急救室。

隨後的村民，活捉了蛇，方便和尚對症下藥，使用準確的血清。從布袋內溜出的蛇，褐色的受傷身體，有點血漬，驚恐中仍左閃右逃。懼蛇而退縮的阿凡，避無可避，靠窗的後肩膊已被雨水弄溼了。小和尚把蛇再次生擒入袋，放置一角，待天晴時，到寺院的後山放生。

這種事，幾乎每隔幾天就會發生，不但被動物咬傷的人被抬入來，頭暈身熱的患者也是這裡的常客。村民捐贈品中，也不難發現很多不同的常用藥物，寺院可以隨時換幕，變成醫院。一位老僧透露了在緬北的曼德勒，在寺廟內有所著名的眼庫。

這天經常「換幕」的寺院，午後曬滿了一地的幸運陽光，雨天不見了。黃昏之前，村民都會拿著鮮花到大殿祭祠及禱告，藉以感謝佛祖保佑了一天的安寧。

今天有所不同的，就是在主持大師的大廳傳來一點兒爭論聲。村中一對夫妻的家事麻煩，現在「告上庭」來。無論夫妻如何在大師面前激烈爭辯，大師都很平和地探討、開示及平息。很快地眼見女的平靜下來，男的點頭聆聽。

最後，大師「借花敬佛」，在祭壇旁邊的小几上，拿來一小朵黃玫瑰，遞給了男方，囑咐了幾句。夫妻合十俯伏在地板，答謝了大師，起身來，彼此同步望著大師後退了兩三步，帶著微笑離開。男的馬上把小玫瑰輕輕插在妻子的髮髻上，完事的手順勢滑下女的腰間，妻子輕微扭腰推開了，笑聲迴響在長廊。今天黃昏的陽光分外耀眼。

沒有唐尼在身邊的日子，阿凡感到無牽掛的自在。他在寺院內四處打量，最大的貢獻是在寺院四圍翻土種植、收集藥材、蔬果等等。今天，阿凡在一列的雞蛋花樹下，收集了一籃的雨蘭。因為季節將會過去，每天黃昏，晚課後離開寺廟的女士，都會在樹下採拾這種蘭花，因為它獨特的香味非常持久。曬乾了，還可放在衣櫥，除增添衣服香薰外，聽聞更可防蟲。

俯首拾著拾著，阿凡來到當日唐尼站著避雨的樹下。他抬頭仰望了一眼那天他倚著的窗框，回想了片刻，便朝老樹下的一口井走去。他把花籃放在及膝的井圍，因為是雨季，井水滿滿的水面浮著無數鮮黃的雞蛋花。陣風來了，花在兜轉，漣漪靜下來，阿凡看見了自己的倒影。

一段頗長的日子沒有照鏡了，剃頭刮鬚都是和尚間各自幫助。阿凡望著自己帶有歐洲人輪廓的面孔，心想自己是土生土長的澳門人，思想與言語完全是亞洲人的生活習性。他把視線轉投在大窗戶上，試圖拋開自己一時的雜念。他感覺到自己是唐尼，看見大紅窗框中的自己；水面上，阿凡的影像微笑了。

夜幕低垂，夏蟲吱吱，眾和尚倒睡在大廳中。阿凡仰望著雕工精美的天花，一切都藍得化不開。涼風透過木百葉吹過來，阿凡不由自主地朝窗下角望去。那角落裡，他收起了唐尼拋上來的一串雨蘭，乾了，香氣仍隨風四散，而且愈夜愈濃。

僧旅

主持大師知道唐尼與阿凡的最終目的地是緬甸中西部的蒲甘，於是他囑咐小和尚，安排阿凡與唐尼會合，讓阿凡離開這個他剃度的地方。

翌日，化緣後，進食完畢，阿凡向大師拜謝，遠行起程了。

經過大半日的步行，阿凡抵達了唐尼掛單的寺院，是一所更加荒涼的寺廟。入口是一條很闊的、田繖似的黃泥路，似田繖是因為路的兩旁是水稻田。路兩旁平均地種了高而直的檳榔樹。

路的盡頭，是一道以木蓋搭的長廊式梯階。阿凡拾級而上，中途他與小和尚共歇息了兩次。到頂時，他傻氣的數出了二百三十八級。

見過主持後，阿凡到處找尋唐尼。在庭院中，一位大師透露了唐尼的去向，還托兩位小和尚帶阿凡到唐尼的身處地。

一把大大的紅油紙傘，沿破落的長梯、田繖大路，離開了寺院。前面的小和尚，手抱乾淨、疊得整齊的袈裟，在前引路。另外一個稍高的小和尚，行在阿凡後面，手持微微向前傾斜的油紙傘，有如奧運會的持旗手，默默地跟著阿凡，為他護蔭。

如皇族出巡般的小隊伍，經過了一條小村落。路邊玩耍的小童，排成小隊跪下來；屋內的父母，聞聲也跑出來俯伏在地上。小販們停止買賣；伏拜的，都一一仰首望著阿凡路過，那渴望著祝福的眼神，配合了嘴巴的唸唸有詞。其中一個小販，手持一個熟透的萬壽果，一邊起身，一邊脫鞋，恭敬地雙手把果放在小和尚手抱的袈裟上。午睡的老小販，也遞上了幾個山竹。牛車上的、踏自行車的，統統下了車，俯首站在路邊。這是緬甸鄉郊小村的傳統文化，物質的大城市，這種禮儀必然是「失傳」了。阿凡從來沒有見過這種「場面」，要他獨自應付，確實有點靦腆，他唯有微微垂下頭，跟著前面的小和尚。

一望無際的向日葵，黃澄澄的瞪在眼前。路上的一點紅，分外奪目。上了黃色的小斜坡，那蠕動的橙紅色，如日落般消失了。

展現在另一面山坡下的是一條冒煙的溪澗，持傘的小和尚，趨前向著小塘一方指去。塘邊有兩個和尚，阿凡等眾人朝著小塘，往山坡下去。

兩個和尚聞聲站起來，轉面跟阿凡等小和尚來個招呼。此時阿凡發現兩個和尚身後，有一健碩的裸背，由冒著縷縷水蒸氣的水塘站起來。是唐尼，他來浸溫泉了。

阿凡急急脫下上身裝備，噗通跳下水去。兩人沒有相見數天，彼此歡笑地喋喋不休，溫泉還不時濺起了水花。

泉面在天空的反映下變色了，淡淡的橙色，略帶粉紅。眾人該趕回去晚課了，兩人上了岸，整理衣裝。阿凡眼見唐尼背上還有剩餘未抹乾的水珠，立刻由肩頸替他拭到背部。唐尼轉身見四個小和尚垂下頭來，似是對某事視而不見的樣子，他避開了。

一行人離開了溫泉，冉冉步上山坡。突然，後面傳來「噗通」、「噗通」之聲，打破了原先阿凡抵達時的寧靜。一班「埋伏」多時的村民，興高采烈地紛紛跳下水去。唐尼告之阿凡，當他初初抵達的時候，正在享用溫泉浴的村民，見唐尼步下山坡，都一一爬上池邊，跪在一旁，轉瞬間便消聲匿跡，又逃去無蹤。阿凡聽說後，凝神思考了片刻，不停讚嘆剛才路上所見所聞，那種緬甸人才擁有的尊重信仰、崇尚宗教的傳統精神。

黎明時分，兩個和尚離開了留宿的寺廟。唐尼如過去幾日般，到附近的一所學校任教他最後一課，阿凡跟了上去。

唐尼見阿凡瑟縮，於是從後替他把袈裟包到頭上去。二人手抱漆砵，化緣上路。肩膊上，兩人還各自掛有一個泥黃色的布袋。

阿凡的袋中，除了出國護照、機票、路費外，還有一個鮮綠色、束有淡紫色繩索、繡有一朵白荷的絲質小包。

唐尼就較為複雜，他多了一部出家後就一直關上的手提電話，還有一本記事簿和詩集，及一枝牧童笛。

兩人袋中，還各自擁有一張「證書」，是出家人剃髮時，由主持大師命名的法號。唐尼的法號是「海納百川」，阿凡叫做「漠集塵沙」。有了法號為證，僧侶便可到各家寺廟掛單去。

二人背向山上一高一低、兩座在晨色中呈暗紫藍色的佛塔，邁向前方。

朝霧重重地鎖著田野，灰灰藍藍地化不開。還未進食的兩個和尚，靜候著第一道曙光帶來的溫暖晨曦，不知何時，兩個人並肩而行了。

唐尼的英文早課，還未到中午便結束。他老早便約了阿凡在河邊的庭院等候。悶熱的課室，加上急急趕步的唐尼，棕紅色的袈裟一斑一斑的加深著顏色。

原本最後的一課，現在要「加班」了。事關唐尼教得太好，很快便傳到附近一個較大的小鎮去。原先，主持大師得知一部載貨的車，會由這個小鎮出發到蒲甘，於是安排了順道載唐尼二人也跟車去。貨車明日黃昏出發，避開酷熱的日光，通宵便會到達目的地。既然唐尼明早有空，小鎮的一課便有望了。

上身盡溼的唐尼，沿著河邊跑到廟宇後方的庭院去。在一棵很大很茂密的菩提樹下，老遠便看見正在閉目打坐的阿凡。

阿凡得知以後兩日的行程，於是主導地帶著唐尼往河邊走去，他的手上還拿著一個陶壺。

沿著河堤是一列古樹，每棵樹下，都置有一張由鎮上居民贈予寺院的石椅，椅背都刻有捐贈者的姓名。阿凡選了一張粉綠色的，椅背特別低的椅，輕按唐尼面向河邊坐下，自己走到他的身後，拿出了長長的剃刀，指尖按著唐尼的頭皮，慢慢刮下。

唐尼感覺到微小的髮碎散落在裸露的肩膊上，於是慢慢把溼透汗水的上身袈裟褪下，微風吹過，他蓋上了雙眼，享受著阿凡給他的服務。

阿凡的鋒利剃刀在唐尼那連日來曬得黝黑、稍微脫皮的頭皮上一上一下地刮著，眼睛卻落在唐尼頸上；可能唐尼剛才跑過來吧，頸上的大動脈明顯地蹦跳著，汗水更令那點蹦跳泛著微光。阿凡的脈膊也不知幾時開始，加速跳動起來，一不留神，刀鋒上泛紅了。刮到頭皮脫落的地方吧，加上刀片薄而鋒利，唐尼似乎沒有感覺，仍然合著眼，享受著，嘴角還微微揚起。

阿凡拿著陶壺向井邊跑去。打水之際，發現井下浮滿了西瓜。住在窮鄉的緬甸人，沒有自來水，哪來冰箱。傳統上，他們會把西瓜放下井裡來降溫，食用時瓜肉自然就變得清涼，解暑也解渴。阿凡知道時間距離中午尚早，於是打了一個最小的西瓜，拿著壺水，回到唐尼身邊。

阿凡把小西瓜以雙手用力從椅角破開，飽滿多汁的西瓜，濺出了水花，唐尼側身避了一下。阿凡給他一件容易咬食的，另外的放在椅上。

唐尼太熱太渴吧，馬上狼吞虎嚥一番。可能食瓜時，加劇了頭部的運動，阿凡發現唐尼耳後開始流下鮮血。

阿凡不慌不忙，隨手拿下唐尼嘴邊還未吃完的西瓜，往自己提起的膝部一擘，瓜分兩截。

「敷眼吧。」說著給了一截西瓜予唐尼。「我給你潤膚。」另一截較大件而帶有紅色瓜肉的，就往唐尼頭頂按下去。

唐尼把瓜皮敷在雙眼上，暫時進入了一個冰涼的世界。

阿凡用瓜皮替唐尼按摩，粉紅的瓜汁連帶黑色的瓜子從頭頂上流下來。濃濃的血水，化開了，從耳後流到肩膊上，再流到唐尼健碩的胸肌；一顆瓜子順流到他的乳頭，停留了一秒，滑下了，唐尼打了一個微顫。阿凡老早以瓜汁推動著那顆瓜子，此刻，他手拈的瓜皮也順勢慢慢地沿著瓜子停留的一點停下來，唐尼再度打顫，比之前更為劇烈。突然一壺冰涼的井水由頭頂淋下。

就在此刻，一陣強風刮起，唐尼立刻打了一個噴嚏。古樹沙沙作響，飄下乳白色的種子，漫天飛舞。

唐尼在空中接了一顆種子，圓形的，如拇指一般大小，中間一點黑色的種子，周圍包著一層如牛油紙般的薄片。

他用食指與拇指輕輕拈著薄片，另一手提起了阿凡向著上空的手掌。微笑而略帶得戚地說：「雖然，我打噴嚏，也不會生病。但是，今朝我們晨早離開寺廟時，我見你冷得要我用袈裟包著你的頭。」說著，他把種子輕輕放在阿凡的掌心上。

「這是古方用來測試血氣的，薄片捲得愈快，那人的血氣愈好，捲得愈慢，血氣愈差。不捲的……」他扁了一下雙唇：「就要人家用蓆把你捲走了。」說完哈哈笑起來。

阿凡掌心的薄片，慢慢向著中心黑點捲起來。

「不錯，不錯。」唐尼欣喜地說著，語聲取替了剛才的哈哈大笑。

兩人在井邊洗濯後，起程往小鎮步行而去。路上沙塵滾滾，兩人都以袈裟蒙著頭顱，只露出了雙眼。

經過一條村莊的關卡，兩排男女手持銀砵。塗有檀香粉的臉帶著笑容，歌唱微張的口，露出了經年累月啃檳榔的紅色牙齒。他們齊步扭腰地向路過的行人、車輛，募捐善款。唐尼放下一點零錢，村民齊聲道謝。

「作甚麼用途？」阿凡疑問。

「修路的。」唐尼答得很快，順手一指跳舞人群的前方，路旁蹲著一班修路工人，身持小鐵鎚，搥著石子。

衣衫破舊的工人，有些還是小童；一卡貨車駛過，塵土差不多掩蓋了矮小的勞工，回眸望著唐尼的小童，眼睛也撐不開。

一卡一卡的車，來來回回駛在泥路上。運貨的、載人的，都統統超重。其間阿凡發現部分車輛載有僧人，奇怪的是，所有僧人都爬到司機頭部的頂層去，其實非常危險；但傳統上，僧人就是要高高在上，而且規定若然車上載有僧人，女士就不會乘上該部車，車上的女人也會自動下來，轉乘另一部去目的地。

過了劈開的山谷，兩旁堆滿了一望無際的樹木，唐尼走到一棵橫臥、樹輪最寬的柚木旁，「大」字形地倚在圓圓的樹輪上，他張盡了手也不能觸及樹輪的邊緣。

阿凡望著唐尼頭頂上方，以碳筆畫在樹輪上的數字，「1700」。

「那又是甚麼意思？」唐尼已變成他的導遊了。

「即是這棵樹曾經生活了差不多三百年。」唐尼唏噓地望著遠道而擺放著，畫上記號的柚木。然後回頭說：「你知道嗎？剛才修路的童工，每天工資少過一美元。他們趕緊修路，目的是擴闊舊有的古道，好讓這龐大體積的樹木能夠早日運出緬甸，賺取外匯。」說畢，他垂下了頭，默不作聲。

然後又補充說：「二十多年前，我曾經站在公路旁，看見連綿不斷的運木卡車，差不多半小時內，只有無間斷的載木車。而沒有載其他貨品的車駛過。多年了，樹木去了哪裡？周圍只有花崗岩，森林不知從何時開始，在這裡消失。」

唐尼有點憤怒地，原地用力踏了地面一下，他的赤腳顯然有點痛。

似是用木頭做了隔聲板的公路，沒完沒了。幸好有棵高葵伸出了木頭外，二人挨倚在一條長樹幹上歇下來。起初二人保持緘默，還是唐尼自言自語地先開口。

「做甚麼好呢？在這裡，我能勝任怎麼樣的工作？農夫？……」他對著阿凡苦笑，「修路工人？」他再次徵求阿凡的同意。「我想，還是乾脆當個和尚吧。」又來一次無奈的苦笑。「你呢？」他反問了。

「我只懂駕車，其他一竅不通。我不想在這裡做旅遊巴司機。」說著，望了一眼唐尼放在樹幹上的腳：「我們連鞋也不穿，和尚何來會坐巴士。」又望了疾風而駛去的載木車：「我更不想駕木頭車。」很快地毫不思考的答下去：「唯有『夫唱婦隨』，跟你一世做和尚吧。」

唐尼感到愕然，有點不自在地突然站起來，意圖以「起行」來改變話題，終結阿凡那突如其來的最後一句答案。

阿凡為了打圓場，罕有的急智應運而生：「這裡是充滿靈氣之……佛地嘛，不做和尚，做甚麼呢？如今，我們的而且確是『一對』和尚呀！」

真是講多錯多，阿凡還未起身，唐尼已拍著屁股，整理衣塵而去了。

黃昏的夕陽正面曬在迎面而來的牛車上，兩頭灰白的牛，大大的眼睛充滿了淚光，認命的拖著笨重的牛車。塵土掀揚，兩個年少姐弟追逐其中，小的嬉皮笑臉，大的拿著弟弟在奔跑中留下的鞋，騰雲駕霧中翩翩起舞般跟著弟弟。「仙境」過後，牛車道上，黃土形成的棕紅色影子，雙對並排的，愈拉愈長。湮湮沒沒的淡藍炊煙，把黑影帶到遠方的佛塔，塔頂的銀葉，奪取了夕陽在地平線上，淹沒的最後一道光線，迎風一閃。

小鎮學校裡的學生，上穿白襯衣，下穿孔雀綠沙龍，男女生一樣顏色的校服。雖然唐尼只跟他們上了一堂課，但學校裡大部分學生都到校門外歡送他們。

一個可愛的男生，上前送給唐尼一幅名信片一樣尺寸的手繪畫。他看了，道謝後，把卡片遞給了阿凡，上面畫的是當地著名的廟宇。唐尼從布裝中，拿出長長的記事簿，在底頁，他抽出了一幅同樣大小的名信片，上面繪的也是一座佛塔，但背景卻是無數的小塔。不同的，這幅是黑白分明的鉛筆畫，他同時也遞給了阿凡。

「蒲甘，我們今晚要去的地方。」

星空籠罩得低低的，耀眼而大小不同的鑽石形成了一道天幕，車在寒風中渡過乾涸的河床。寬敞的河床，相信是貫穿緬甸的伊洛瓦底江（Irrawaddy）其中一條大分支，今年中西部雨水少的關係，河床完全暴露了，星光下，一望無際的白沙。

兩個和尚原先坐在車頂上，受不起刺骨的寒風，老早被邀坐在司機身旁。唐尼閉目養神坐在中間，阿凡在窗邊，目不轉睛地看著頻繁的流星。

魚肚白前，汽車已熄掉引擎在一所寺院內，和尚二人趕得及跟化緣回來的和尚共膳。

寺院設計與結構，大多一樣，只是大小不一。這所在蒲甘外圍的寺廟，年事跟先前他倆落髮剃度的古廟一樣古樸，但環境面積卻大得多。也是高大的紅窗框，驚人的巨井，及到處都是雞蛋花。

阿凡就這樣仰望著路旁的雞蛋花，尋找著他緬懷的寄生雨蘭。唐尼成為他的助手，「跟班」似的貼在阿凡的後面，左右仰望的，捕捉「漏網之魚」。

突然，二人身後兩側，左右前方，魚貫地出現了穿白掛綠的學生；唐尼當了幾日老師，「職業病」發作，自自然然地跟隨了學生們的走向。直至阿凡突然在操場旁坐下來，唐尼才停止了腳步。

太早了，還未到上課時間，雜牌軍在操場上較量著足球。大部分穿白襯衣、綠沙龍外，有的穿無袖汗衣，又有不同顏色的有袖汗衣、短褲、長褲。有的還把沙龍向前捲高，穿過胯下塞於後腰間。還有幾個小和尚，相信隊員只可認人，而不能識別外衣。

外行的唐尼，站到阿凡後面觀看，他只知道此刻阿凡相當投入，他目不轉睛地觀看球賽，像個超級足球迷。的而且確，兒時的阿凡，足球曾是他耍家的一門。

突然，足球向著唐尼如炮彈般高速射過來，阿凡瞬雷不及掩耳地彈跳起來，大和尚頭鎚見功了，心口控球，扭花式，樣樣到家。

阿凡忘我地只顧把足球貼在腳下，高速的攻向對方龍門。穿插左右的他，袈裟鬆脫了，溼透的胸口、背脊、渾圓的屁股，牢牢地把幾乎脫落的袈裟緊貼在身上；他不顧球員向他碰撞，不理會扯他的袈裟，阿凡簡直瘋狂了……

操場喧鬧的人聲，成為遠去的背景。阿凡處於一個雙耳蒙蔽的時空，像時光倒流般，進入了另一個世界……

身世

嘈雜的人聲又漸漸浮現在背景外，取而代之的，是激烈的琴聲。他透過窗戶，望到對面窗指法如飛的男童，是蕭邦G小調敘事曲澎湃的中段；男童旁邊高大的神父，臉龐紅紅的，隨著自己宏亮的歌聲而表情十足。他跪在床頭上，白皙的床單並沒有被他外伸的雙鞋沾汙。他雙手輕輕按著粉綠色的塑膠百葉簾，定神看著過街的對面窗，專注地聽著每一顆音符。

是這條由兩巨宅之間形成的街道，把兩個小孩子的世界完全分開了。街頭是風景秀麗的西灣海堤岸邊，公園旁是一座孤兒院，由一班天主教女修會的修女管理。修女們都一式頭披及肩的黑布，高領白袍，腰繫黑色唸珠長鏈、下垂木十字架。

相對孤兒院並排而建的是一座超過百年的舊式歐陸建築，亦由天主教神父用作小學校舍。面對孤兒院的一面是學校的後門，樓上一列課室是校內附設多年的音樂部，主要訓練有天分的學生學習鋼琴。

街尾有一口井，養活了附近山上一小撮木屋區的居民。加上早期澳門經常沒有自來水供應，井邊排隊打水現象，自然地日常發生著。

今天井邊又熱鬧了，琴聲暫停的一刻，他聽到鋅鐵桶打在水面的聲音，還有孤兒院後門鐵閘的開門聲，一定是園丁添叔忙於為修女打水了。

琴聲又隨著哼唱響起來。他用腳自行把雙鞋褪落床下。每個星期，這一天，這一個小時，他都會枕在靠著床的窗口，看著這男童複琴。今天，他可能要腰斬這個每週期待的例行節目，因為睡房樓下，被孤兒院四面包圍的中心球場，開始人聲鼎沸，足球比賽就快開始了。樓梯傳來匆匆的腳步聲，他跳下床，換上球鞋，離開床邊時，雙眼仍留戀在窗外。

球賽的下半場，他見神父與修女急步地行上了修女宿舍，這是非常罕見的事，疑惑的他，很快被滾到腳下的球分心了。

熱鬧歡騰的小球迷，與神色凝重的神父和修女，形成了強烈的對比。他倆匆匆繞過了球場，修女把神父送到面對公園街的正門。

「辛苦你了，佚神父，要你趕過來為古修女傅油❶。」常修女把雙掌互抓的放在腹部，像個女高音般，不停微彎著腰，客氣地與神父交談，每次鞠躬，腰間木十字架上的銀色耶穌像，就會閃動一下。

「選了哪一個孩子，擔任彌撒中獨唱的部分？」佚神父對著負責孤兒院合唱團的常修女，細聲地問。說時抬頭望了一眼古修女的病房。

「原意是煩凡，但亞巴圖也不錯。」說著，把佚神父的視線送到龍門口，防守龍口的是土生肥胖小子，他擁有上翹的大鼻，樣子極為可愛。

「我認為亞巴圖的聲線較為突出。」原籍意大利的佚神父，眼睛由龍門掃向球場中，正在追著足球的瘦削煩凡。

「用牧童笛伴奏獨唱的一段安魂曲，可以嗎？」常修女情商著：「因為古修女很喜愛牧童笛的聲音。我知道尼尼也吹得不錯。」

佚神父扁了一下嘴唇，又再望了古修女的病房一眼：「時間無多了，最好盡快安排練習吧。過兩晚合唱團練習，是嗎？我會安排尼尼過來，你先跟亞巴圖練習吧，謝謝。」

❶羅馬天主教教徒臨終前，神父為其進行洗滌罪孽的儀式。

說著，他又望了煩凡一眼：「其實，我知道古修女很喜歡煩凡，她花了很多時間在煩凡身上。他是甚麼時候入院的？」

「還是手抱嬰孩，出世約一週吧。媽媽把他放在門外。」常修女望了大門梯級邊的花槽，唏噓但又定一定神繼續回憶：「一二三事件爆發，外面周圍都很亂。那天早上，古修女由崗頂望完彌撒回來，經過法院，見對面有一群人，把葡國人的石像，打算合力拉下來。花王添叔知情後，往法院方向奔了出去。未幾，有人狂拍門。我們擔心添叔出事，古修女跑出來應門。但門外沒有人，地上只有煩凡，當時外面很冷，我也在場，見古修女第一時間把他抱在懷中，他眼仔碌碌的，很平靜。似乎是剛剛有人把他放在地上。雖然大家都知道發生甚麼事，我還是走出去，左右打探一下。」

常修女步下階級，指向院方右面近海邊的公園：「我見到一個女人，她見我步出，便向公園內狂奔。我在公園鐵閘外，目送她在幾棵大榕樹之間消失。最後見她跑上了主教山，峰景酒店那個斜坡。」

常修女站在石級下，把視線望向大門內的走廊地磚：「每次見到那行青花磚，我都會想起她的頭巾。我連她的樣子也看不清楚，只知道她就像我們修女一樣包著頭。」

「事後有沒有打探他的身世？」佚神父在專注中，打破緘默。

「他身上除了衣服，包裹他的襁袍外，只有一條銀腳環。上面有一片小小的如意，上刻『莫・煩』兩字。」

常修女做了一個調皮臉：「我當時還向古修女打趣說，他的媽媽一定是邵氏明星莫愁的忠實影迷。」

「啊！這就是他名字的由來。」佚神父微微張開雙手，驀然開朗地說。

「真聰明！」常修女有點洋洋自得：「他的名字不是我改的；當時外面很亂，古修女就叫他做『煩凡』了。」

生日？

正值五月的碧朗晴天。每年這個月份的第十三日，是花地瑪聖母出遊，古修女臥病在床，安排出遊的責任，自然落在常修女身上。孤兒院只派出高年班的同學，按教會指示分批由板樟堂的玫瑰聖母堂出發，經大廟頂的大堂開始出遊，最後到達目的地——主教山。年幼的同學，通常都會留在院內。孤兒院旁邊的海堤，是巡遊隊伍在黃昏時必經之地，院內的小朋友，統統會跑到通往宿舍及課室的樓梯，那裡有一列低低的通風窗戶，各人就會爭先坐在有利外望的梯級；除了要看到代表院舍的同學外，穿著不同制服的其他學校師生代表，還有托著聖像的儀仗隊，都是各個小朋友預期要觀看的重點。當然，「重頭戲」是落在圍滿玫瑰與各種鮮花的花地瑪聖母像身上，以及清唱著不同聖詩的團體。一組一組的隊伍，在眼前經過的剎那，唱詠的聲量會逐漸地加強。一組隊伍遠去了，尾隨的行列，又送來另一首由弱漸強的讚頌，就是這樣，整個傍晚，海堤都瀰漫著不同的聖詩，悠揚的歌聲，一波一浪，一起一伏地送入耳中。

過往的出遊，煩凡從來都不會跟同學爭取有利觀看的位置，他知道那一個角落，總是無人垂青。雖然，有些窗戶已被榕樹遮擋了一點視線，若然坐在那個窗口旁邊，起碼就不會跟同學爭先碰後。隔著公園內的大樹，枝葉間，也隱約見到巡遊隊伍，但他只以聽到現場清唱的詩歌為優先。所以，大部分時間，他會倚在梯級旁，閉目聽著音量漸變的歌聲。偶爾，他會伸手到窗外，摘下一兩片淡紅的榕樹嫩葉；同學們自幼都有這種習慣，他們會把嫩葉夾在書本內，傳聞這些樹葉，有助小朋友在求學時，帶來聰明兼好運。順理成章，收集此種被書本壓平了，而日久變得乾枯啡黃的樹葉，就成為一種風氣；「聰明葉」——一個不知由誰人首先喚起的名詞，亦由此應運而生，一直以來，更在院內廣為流傳。

任時任候，同學間都在進行著一些「交易」，特別是互相有所要求的時候，聰明葉就會變成院內的「貨幣」；當然，某些顏色與葉形別緻的收藏，額外受到各人的歡迎；這些「產品」，除了變成自己的心頭好外，亦經常變成與相好同學交換的「信物」。一方面，大家可以增進友情，循此途徑，在私藏蒐集上，正好也多了一條門路，直接地覓得上乘的「現貨」。

煩凡與天主也有一個「交易」，因為他把所有的聰明葉，都夾在床頭櫃上的聖經內，他只希望，這樣上天就能給予他在學習上增加一點聰明。他知道，他的處境，是不容許自己像其他小孩子般，私自擁有任何一個玩具；案頭上的這本聖經，就是他的一切寶藏。常修女平日掛在嘴邊的一些話，多少亦啟發了他：「我們來到世上，就是一無所有，只有書本內的知識，是你永遠可以擁有的智慧。努力學習，將來你就可以助人而樂己。」

「樂己」的廣泛意義，以煩凡的年紀，也許幾乎未能領略。但「樂己」似乎對他來說，是一種安於現狀的滿足感。所以，他把聰明葉放在聖經內，因為自小他明白到「聰明」是一種無形的神奇力量，他就把這個「工作」交給上天，起碼自己總算有個希望。至於聰明葉能否「樂己」的任務，就交由聖經內那片嫩葉的發酵作用了……

五月十三，春末夏初的明快清早，煩凡把聖經內已乾枯的樹葉，移向前方的幾頁，好讓今晚摘得新加的嫩葉，能夠放在底頁內，承受紙張更重的壓力，去夾平新葉。努力專注的他，並無意識到背後的常修女，靜靜地把一套便服放在床尾上，於是常修女又吩咐他立刻替換，並約好在五分鐘內，於樓下相見。

好奇的煩凡，更衣後，就這樣被常修女帶離了孤兒院。

修女拖著他的小手掌，站在路旁一處指示牌下，一輛公車停了下來，修女扶著煩凡的後肩，先送他上車，然後自己才匆匆跟他坐下來。

售票員只撕下一根發票，遞給了煩凡，並向常修女示意，神職人員不用付車資，小童半價，修女點頭感謝了。煩凡細心望著車票，這是他第一次乘坐巴士，他覺得很興奮。車內除了司機、售票員外，就只有他與常修女；也許公車剛好離開總站，澳門居民向來就很節儉，加上小鎮面積不大，坐車的人也自然較少。煩凡來不及外望倒退的街景，他仍然奇嘆著，自己坐在一架大車上，卻不知它會把自己駛向何方；他再次細心研究手上的車票，上面印著幾個分區的地名，常修女給他一些指引：「這是環走半島的五號車，只要你不下車，三刻鐘內，你會回到上車的起點。」煩凡點著頭，小心地把車票放入胸口的襯衣袋內。

公車在繁忙的新馬路停下來，讓修女與小童下了車。他們橫過對面的路口，來到一處人群排隊的地方。粉綠色底而塑上粗白條子的建築，外面凌空懸掛了一個垂直的大招牌，上面寫著「平安戲院」。常修女拖著煩凡，只在門外兜了一圈，她的雙眼一直望著張貼在售票處旁，一張即場放映的電影海報上，廣告的下角，還有一片斜貼的手寫黃色字條：「早場半價」。修女並沒有即時跟上去購買早場便宜門卷的排隊人群，而是離開了。

過了議事亭，修女熟路地步入了瑞興辦館，在糖果架上，擅自拿了一包彩色的糖果，付了錢，便把糖果交到煩凡手上。兩人在辦館旁的東方斜巷，漫步而上，煩凡落後了半步，他的一雙突然變得精靈的眼珠，不斷來回於常修女的後背雪白袍身，與手上的彩色包裝。

在路中剛起斜的地段，又聚集了一群人，彎彎地沿暗斜排著隊。常修女仰望那半圓形建築牆外的一幅大圖畫後，便急步往隊尾排去；煩凡暫時放下了「研究」手上的糖果，後退一兩步，往上望著那幅手繪巨形的彩畫——一艘在黑夜中斜插海面，冒著煙的亮燈大船。

煩凡今天又有第二項創舉了。他坐在電影院，觀看了《海神號遇險記》。在戲中，人群為了逃難而爭相踐踏的場面，倒是嚇怕了他；電影的情節，卻讓他明白到人生到了盡頭，便要接受死亡的事實。熱愛觀看電影的常修女，散場後，拖著煩凡，施施然地從半圓形建築物的後門離開電影院；把守那道附有橫門大木門的高大男人，視線一直被修女吸引，頭部朝著她的走向，慢慢地轉過來，煩凡本來對門閂頗感興趣，現在卻不時回頭望向大男人了。

東方戲院斜對面，是四邑會館，樓下一角是茶餐廳。常修女站在餐廳前，指手劃腳地回頭指向電影院大樓前的廣告掛畫：「剛才看的電影，叫做《海神號遇險記》，這間餐廳就叫做『聰明人喫啡室』。」話未說完，她已領著煩凡進入了咖啡館。卡位坐滿了談天的老人家，他倆就隨意順勢的坐近門口一張小圓檯的座位上。

煩凡又再來第一次了，他從來未有上過餐廳。這時，他顯得過分循規蹈矩，雙手放在那吊腳的大腿上，坐直的腰身，像一座小燈塔，一對小眼珠，就不斷地向四周掃射。

圓檯上除了一包糖果外，煩凡面前放了一件牛油蛋糕，上面「嵌」有一小片合桃，常修女還叫來一杯熱的好立克給煩凡享用，自己卻沒有吩咐任何餐食，只飲用那杯免費的茶水。

修女拿起了小餅叉，遞到煩凡手中，一邊還說：「切餅前，許個小小的願望吧。」

言發之際，煩凡已明白到今天是甚麼日子了。他望著修女那經常保持的活潑笑容，面對突如其來的「喜慶日子」，雖然有點不知所措，但在迷茫中，仍流露出童真的疑惑：「許怎麼樣的願望呢？」

「噫，令自己開心的，甚麼也行。」修女嘗試提示及指引。

煩凡望向四周，突然豎起一隻食指：「啞！我知道啦，我坐在這裡，我以後要做個『聰明人』，不要只靠那些聰明葉了。」

好一句拍案叫絕的答案，常修女以手指輕拍自己的掌心，仍保持常掛的微笑：「煩凡，祝你今天生日快樂，以後就用聰明解決所有難題，天主也保祐你。」

一對年幼姐弟步入餐室，小的一個把頭慢慢左右轉動地做深呼吸，姐姐一邊往衣袋裡掏零錢，一邊說：「傻仔，每次來到這裡，總是這樣，是咖啡香味啊，等你長大了，有錢便可以買來喝。」她給了一個五分「斗令」小硬幣到老闆手裡，而老闆眼見他倆步入時，老早手拎了一袋，由方飽四邊切下來的條狀麵包硬皮，他把硬幣拋入由天花吊下的小竹簍裡，回頭朝著修女說：「當早餐用的，每隔兩天就過來買一包。」煩凡望著那個跟自己年紀一樣的小朋友，再望了一眼檯上吃了大半的蛋糕，他知道今天自己的生活條件，一定好過這對剛離開餐室的姐弟。當他回望常修女的時候，她已準備好一臉的歡容，點頭不絕地迎接煩凡的疑慮目光。

修女領著煩凡，從咖啡室右轉，徒步踏上最陡斜的山坡，個子細小的煩凡，舉目面向鋪著手掌般大的方形麻石斜路；遠看崗頂，路面一片迎接盛夏的青蔥，近看眼前腳下，方石邊的青草，形成了整齊的綠色方格，格子由大變小地直上斜坡。他的小腳開始爬格子了，口中還用英語數著草格，訓練著英文數目字的排列。

崗頂上，聖奧斯定堂廣場旁的大樹下，排隊的市民，正接受一位神父贈送食糧，他的樣貌酷似荷李活影星羅拔狄尼路，常修女提袍向前半跪跟他行禮：「陸神父，辛苦您了。」他忙得滿額子是汗，來不及還禮之際，眼見佚神父已由教會辦事處匆忙跑了出來，他倆合力一起向排隊的人，逐一送上糧食。

修女在神父後面，打開內置著捐贈物的盒子，加入了「戰團」。佚神父不斷回身打聽古修女的情況，常修女總是以擔憂的表情，加上短句作答，最長的一句，也是最嚴肅的一聲：「她年紀太大了，總要回到天父的身邊。」雙手一直忙碌的陸神父，暫時引開了話題：「要趕快一點了，今日我們肯定會誤時到達大廟頂，巡遊會於四至五時開始。」

佚神父回答：「三十多間天主教中小學，都派出了代表去遊行，巡遊時間必定會提早。」他開始制止陸續加入排隊的市民：「明天再來吧，我們趕著去參加聖母出遊，歡迎你們也一起去參加。」隊尾的人趕緊向前行了幾步，佚神父發現了個子矮小的煩凡，站在最後一個向前移的婆婆後面。

「啊！你也來了，跟著排吧。」佚神父忙中尋樂，打趣說。

「今天是花地瑪聖母出遊，古修女在病榻中，吩咐我，給煩凡今天做生日；我們剛看了早場，吃了蛋糕；希望日後他會記得古修女，為他揀選了今天這個特別重要的日子。」

佚神父從盒中取了一小包餅乾，放到已拿著糖果的煩凡手中：「生日快樂，煩凡。」粗壯的手指輕拍了小孩子薄弱的肩膊。

常修女在大清晨，早已安排好院內負責出遊的隊伍，也指示了其他修女代為領隊，所以她不慌不忙地告別了兩位神父，朝著另一條落山的斜坡走下去。經過聖奧斯定堂門前的大劇院，煩凡回頭望了幾次那蘋果綠色的龐然建築。門外幾條大圓柱，支撐著劇院正門的迴廊大堂，柱上那些由底部延伸到頂端的深坑白條子，對煩凡來說，記憶猶深；去年耶誕，他與同學列隊在那大柱邊，獻唱聖誕頌歌，尼尼還在他的後面，以直立式鋼琴為他們伴奏。劇院門前的平台式廣場，是這座亞洲第一間西式劇院仍然運作時，昔日的紳士淑女，衣香鬢影的場地。露天平台把慢慢走下坡的煩凡視線遮擋了，劇院也被廣場的大榕樹淹沒，但煩凡仍是不斷地回頭；五月天，陣陣聖誕頌歌，彷彿仍然繞樑於迴廊的圓柱頂上。常修女拖著墜後的煩凡，趕緊了腳步。

「聽到歌聲嗎？巡遊開始了。」常修女搖了兩下拖著的小手，叫醒了「夢遊」的煩凡。他定了神，像清醒過來般，望向歌聲愈來愈近的地方，他倆朝著往孤兒院方向的海堤走去。

常修女為了避開出遊隊伍，繞道往孤兒院的後門進入院舍，並請添叔拉開了近井邊的後園大鐵閘。學生們少有地聚集在禮堂，操場上的修女都圍在一起，低聲地說話，當她們見到常修女時，都趨前跑過來；常修女跟其中一位修女談了兩句，即向前奔向修女宿舍，修女們立即分散兩旁，像一排「人」字形的企鵝般，尾隨常修女跑到梯間，常修女兩手拉高了身上雪白的修女袍，一個箭步跑了上去，大部分修女都留守在梯間，只有三個緊貼常修女，喘奔過長廊，進入了古修女的臥房。

在禮堂內，一位高佻的修女訓示同學們，要保持安靜地解散；除了操場禁止遊戲外，其他地方，只要安靜守紀，就可以自由活動。煩凡跟著同學們，走到近公園、望海堤的梯間看巡遊；這時，隊伍已開始一團團的走過，等了約一小時後，終於見到代表孤兒院的同學，唱著聖詩經過，此起彼落的和唱，霎時間在樓梯四周響起來；很快地巡遊的院方同學已遠去了，唱著另一首詩歌的隊伍，又經過公園外的海堤，但梯間的同學，仍然哼著剛才自己團隊經過後，還未唱完的那首歌。

突然，所有團隊都消失了，遠去漸弱的歌聲填補了巡遊的斷層空間。不久，誦唸聖母經的聲音愈來愈強，托著鮮花與聖器的儀仗隊伍，以與別不同的齊整步伐，慢慢地逐排操過。當燦爛的鮮花行列路過後，花地瑪聖母終於出現了；身穿白袍、頭披白紗的龐大隊伍，高舉身披米白長袍的聖像，俯首路過。聖母頭上頂著橢圓型的金色皇冠，腳踏淡淡藍白的瑞雲。合十胸前的兩手，垂著長長的唸珠。微微向下而又略為傾側的頭部，俯視的大眼睛，綻放著憐憫的神情，慈悲的臉容，深深吸引了路旁每一個觀禮的信眾。部分土生的葡萄牙女仕，年長的，面披黑色蕾絲頭紗，雙掌緊合地放在胸前。她們凝視聖母經過，禱告而祈求著，每個人的臉上，都露出了虔誠中的熱情，特別是那雙渴望而生的炯炯目光，更徹底地熔化了那道防守容顏的面紗。

聖母像路過的時候，只有信眾的腳步聲，牽動著靜默的一片時空。後面隊伍，以對答的形式，隱約傳來聖母經。煩凡與其他同學一樣，目不轉睛地望著聖母那變得淡藍的背影，在天色漸暗的光線下慢慢消失。在煩凡的腦海裡，念念不忘聖母的聖容，那象徵著母愛的慈顏，良久，仍然浮沉著。

但這一切，很快就被一片移動的雪白物體所抹掉。梯間另一扇面對操場的窗下，常修女帶領眾修女，匆匆走過操場，四位修女抬著擔架，旁邊還有幾位準備接力的修女，簇擁伴著走。蓋著擔架的白布，雖然是一閃而過，垂下而飄動的白光，卻奪目得吸引了同學們一窩蜂的走向窗邊視察。然後，他們又像魚群一樣，整體飆移面向大街的落地窗，到了大窗鐵架前，突然分散成個體的蜘蛛俠，全身都貼在窗架上，身體隨著各自視線的追蹤物，而左右爬高爬低地移動。只有煩凡，他瑟縮在梯間，雙手緊抱小腿。雙眼閉目的他，極力想著擺脫那片揚了一揚，近乎刺眼的銀白，並嘗試勉強自己回想聖母剛才的容貌；可能他已忙了一整日，太倦了，腦海中，不期然又想起了今早看過的電影。他睜開眼，似是突然領略到一點道理，他知道，他更明白，古修女一定是趁花地瑪聖母經過的時候，跟她去了；怕且，此刻她亦已遇上了海神號的大部分乘客。煩凡胡思亂想著，無力無助的眼神，又呆滯地停留在腳邊的葡式青花地磚上。

今天，對一個出身與身世如此的煩凡來說，有點莫明的隱晦。每一個小朋友，對自己的生日，都抱著興奮的心情去迎接。常修女今次為煩凡悉心打造的「生日」，意義更是非同小可：第一次坐巴士、首次看電影，從未上過餐廳的，也做了。但是，在這值得懷念，而又珍而重之的日子行程內，煩凡竟然在最後一刻，已不介懷自己的生日；因為電影、因為古修女，他還上了重要一課，就是人生最終一刻，呼出最後一口氣，而去面對的死亡。正值今天，他從電影中學曉了這一點，從現實生活裡親眼見到了真正踏上歸途的人。

太多「第一次」了；很多事情，有了第一次，便沒有藉口去推搪而要去接受。煩凡知道，他的快樂「生日」過去了，既然已經擁有了第一次的生日，以後可能亦不需要找藉口去慶祝，既無確實的日子，過往更無人提及的個人「私有節目」，又何需每年去記念這一天呢。

今晚孤兒院的生活節奏，有點亂子。煩凡在晚飯後，路經自修室外的長廊；這道走廊可算是煩凡對外的整個世界，長廊經過的每一個課堂，每一個窗口，他都熟悉每一點觀察的角度。可能煩凡本身的性格，一旦他喜歡的，就會愛不釋手，更會不離不棄地，成為一種習慣。這刻他站著的地方，平時週中傍晚，會看到對面校門排隊輪候麵包的學生，那亦是一間天主教的濟貧夜校，提供免費教育給有需要的人。每晚開課前十分鐘，校工就會拖著一大籮麵包，放在校門，讓貧窮子弟，在上課前或小息時，能夠啃上一口填肚之糧。有時，煩凡在自修室做著功課，一旦聽到竹籬在校口前拖過的摩擦聲，他都會像一支箭似的跑出來，直至看到最後一個學生拿走了麵包，他才會回到自修室的座位上。所以，修女要在院舍內找到煩凡是件不難的事，她們實在很了解他的一舉一動，任何時候，那處地方，要找，她們就一定會找到要尋的人。

主教山上的海澨聖母堂，燈火通明，花地瑪聖母已登山了；信眾們正聚集在聖堂廣場外，教堂的鐘聲，一聲漸去，一聲又響，露天的燭光彌撒已經開始。蜿延的上山路段，迂迴地閃爍著無數光點，像一道河面泛光的川流，伏在那如同古堡，附有高聳鐘樓的哥德式教堂前。

自修室外走廊的另一盡頭，山區邊漆黑一片。向來這裡是煩凡在夜間甚少踏足之處，今晚卻是著魔一樣的刻意地走了過來，並且鬱鬱不歡地伏在圍欄上。山的遠方是隱居女修道院，平時孤兒院小點食用的曲奇餅，部分是由這所修道院生產的。裡面的修女，永遠足不出戶，面披黑紗，與世隔絕。澳門大部分教堂內的祭壇刺繡檯布，神父在彌撒中身披的衣飾，領聖體用的薄餅，甚至神父領聖血用的紅葡萄酒，都一一由隱修女包辦。

孤兒院有時為了褒揚一些勤奮而乖巧的學生，會帶他們到附近的教會機構作外出探訪或參觀，煩凡去年就跟大隊來過「苦修院」，這裡的隱居修女，因日常過著苦行的生活，當地人就把這堡壘式的紅磚大宅，俗稱苦修院了。

煩凡最感興趣的，是修院旁的一片葡萄園斜坡，那裡種植了釀酒用的葡萄，四周也種滿了其他蔬果，舉目任何角落，更見到處百花映然。春夏之交，馥郁隨風，蝶舞花海的情景，往往在周日下午，成為煩凡獨自徘徊走廊的一個消遣節目。

穿過這塊令人心悅的莆田，可直達另一座天主教的濟世醫院。大門的高牆外表，以混凝土塑造了一個巨大的紅色十字架，當地人就把它稱為「紅十字」，是一所有留院服務的醫療診所。除了每日提供普羅大眾的免費門診外，這裡主要是接收患病，或年老而需要長期接受療理的神職人員。

這塊跟「生老病死」扯上關係的地方，少不免有安置亡者之處；隱修院內美麗的葡萄園，自然成為最適合去接待那些無私奉獻了一生的牧者。園中方形簡約的灰色混凝土殮房，是等待升天的人，作為歇腳的首站安息處。

煩凡望著那片平時烏燈黑火的山頭，今晚那涼亭一樣的停屍間，卻亮著燭光。每當四面的落地窗盡開，白色窗紗垂落的時候，裡面長長的石床上，便會蓋上一片白布；夜間，四面牆角便會燃上白蠟燭，附近人人就會知道，是夜這裡有「訪客」了。

煩凡注視著投影在白窗紗上的修女身影，它由左方向右移動，每到一個角落，便稍停下來，一時伸長一時縮短的披頭黑影，每次離開一個方角，那裡的光便漸漸變得更亮，如是地，鬼魅一樣的長袍影子，逆時針方向地走了一圈，涼亭的光芒明顯地更加亮了，相信是修女替換了燃盡的蠟燭吧。當修女離開後，煩凡知道，古修女永遠不會回到孤兒院了，今晚，她會獨個兒留守在山上。雖然，過去的日子，女生男相的古修女總是臉掛嚴肅，是個不言不笑的導師，煩凡亦感覺到，古修女一直都很疼惜他，只是外表與行為，從來沒有表示出來，不會像今天帶著他周圍跑的常修女，嘻哈地花了整天跟他慶祝生日。當然，開朗活潑的常修女，到處受人歡迎，但古修女是永恆的靜態，面對她說話的人，無論表情如何豐富，手舞足蹈也好，她仍是硬照一樣定形的，似是一幅中古時代的仕女油畫像般，定鏡凝視著跟她交談的對方；

縱然是今天，她走了，孤兒院內，上下一片沉寂，沒有一個同學會談論她；只要是留心一點，方可從院內修女臉上的一絲愁緒，才能隱約察覺到片面的哀傷。此刻，煩凡也是一樣，獨個兒，靜靜地遙望燭光掩映的涼亭，心中難免憶念著一個曾經給他在有生之年，永遠可以擁有自己「名字」的人。

熟耳的「吱吱」關窗聲，令煩凡毫不猶豫地轉身跑到望見對面大宅的窗前，看著那雙如魔術般會奏出音樂的手，把最後一扇窗關上，燈又熄了。

這個角度，不像他的床前窗口，這裡幾乎清楚看到尼尼練琴室的每個角落，他知道，關窗前，尼尼如何把琴蓋起來；黑白鍵首先會用一條長長的鮮紅絨布舖上，琴蓋放下後，再用一片很大的紫紅色絲絨布笠著整個鋼琴。

有時候，尼尼忘記了蓋上保護琴鍵的鮮紅色布，琴蓋放下的一剎那，煩凡總是心急地想著提醒他，但相隔他倆的公園街、兩大宅的窗，都不允許煩凡這樣做。

煩凡每日能夠目送尼尼最後一眼的機會，是從他的練習室門外，走廊小窗略過的背影。今晚這個連小窗也看不到的角度，令煩凡內心有點依依不捨的遺憾。這一刻，他的目光只有停留在，唯一被自己視覺吸引著的一點動感——尼尼關窗時，被觸及的窗鈎，慢慢地減速搖晃著。

可能是花地瑪聖母送來意外的禮物，尼尼罕有地從後門離開，也許是今天的巡遊，導致音樂學院大門關上吧。煩凡意想不到地獲得這個「驚喜」，他喜出望外的把脖子緊伸到窗花邊，下望尼尼。

一雙發亮的皮鞋，還未被確認方向前，左右來回了一兩步，最後，見尼尼前後回顧一番，終於選擇了自己的路向，那就是一條可通往山上涼亭的路。

煩凡眼見這一刻，倒很羨慕尼尼的自由，他想：假如這個方向是在自己腳下，他必然會走到涼亭前，看看睡在石床上的古修女。他的內心深處，突然莫明地翻騰起一股意慾，就是渴望獨個兒站在古修女的旁邊，向她訴說衷心的謝意。不用像剛才那樣，在黑暗的走廊盡頭呆站著，遙遠地，期待那陣吝嗇的微風，像施捨的手，瞬間輕輕吹開涼亭一角的窗紗，一瞥那冰冷的石床。

現實終歸回到這個世界，不輕易外出離走孤兒院的煩凡，縱然催眠著自己的靈魂，寄附在尼尼早已離開的腳下。突然一聲彌撒晚鐘，以及由山上傳來耳邊的詩歌，敦促他離開了窗邊；他又被山頂萬千燭光吸引，而回到自修室外原先站著的長廊崗位。

他渴望有朝一日，能夠參加花地瑪聖母出遊，並親自走上主教山頂的教堂，現場和唱彌撒的每一首詩歌，燃亮其中一點燭光。他，並不渴望，在未來的這一天，人家替他和唱生日歌，自己吹熄許願蛋糕上，一枝冒煙的蠟燭。

三個喪禮

近黃昏的微雨，天灰而帶點暗藍，黃色的牆，變得近乎幻綠。棕紅色的木窗框，硬繃繃的貼在牆上，旁邊長長的「S」字形窗鈎，淌著雨水，一滴一滴，煩凡凝視著每一滴；今天，他不大理會對面透著黃色燈光的窗內，埋頭苦練的三個人。

佚神父一邊彈琴，一邊指揮；尼尼吹著牧童笛，站在獨唱的亞巴圖身邊。明天傍晚，他們就會跟孤兒院的合唱團排練。週日會於古修女的喪禮彌撒上獻唱。

困在悶局的煩凡，終於找到自尋樂趣的法子；他的嘴角，上翹而微張著，間歇的陣笑，亦隨著鼻孔的噴氣而帶出。他一手按著左眼，另一手把包裝糖果用的透明玻璃紙，放在右眼前，他挑選不同顏色的玻璃紙，測試它們的光度與效果，最後，他還用上兩張不同顏色的，放在兩眼前。得意的笑聲，令煩凡樂在其中地把自己帶入了電影院，甚而，對面的窗框，已成為他的一部彩色電視機。

又是淌著雨的練習。合唱團熱身過後，佚神父帶了尼尼過來孤兒院，細聲與常修女交談了幾句便走了。臨走時，向著合唱團介紹了唐尼。煩凡望著他，上下打量，唐尼穿著白襯衣、灰短褲、黑皮鞋，手持牧童笛，筆直地動也不動，站在舞台棕紅色的天鵝絨布幕前。亞巴圖豪氣地被常修女從合唱團中帶了出來，站在唐尼身邊，一切就範，排練即將開始。常修女一邊指揮，一邊步向鋼琴。煩凡嘴巴無聲地開合著：「唐尼，唐尼，唐……」

整個練習，煩凡也不能集中，他的眼睛，只願留在吹著笛子的尼尼臉上，當尼尼放下笛子，目光偶然略過合唱團的時候，煩凡總是避開了他的正視。禮堂天花上角一扇氣窗上，一隻早已被蛛絲圍困的蜻蜓，尾部紮著一條線頭，下垂的末端，吊著一片搖曳而偶爾轉動的彩紙，這個小小動感的焦點，正好成為煩凡逃開尼尼視線的「避難」處。

練習過後，小朋友一窩蜂走向自修室，煩凡留在禮堂暗角，見常修女在鋼琴共鳴箱上寫字條，同時叮囑唐尼在剛才練習中要注意的事項。她把字條摺好，放入信封，交給唐尼。

細心而又愛說話的常修女，手持信封交到唐尼雙手後，還喋喋不休的囑咐著，唐尼恭敬地聆聽，不停點頭，雙眼望著四手共持的白信封。好一陣子，修女終於放手了，輕拍著唐尼肩膊，把他送到大門。

唐尼把信封交到佚神父手上。他一邊打開字條，一邊下令：「蕭邦，敘事曲，八十二節，開始！」

這是佚神父的習性，跟他上課的，總要把曲子背下來默奏，不許視譜，還得把重要段落的節數也得背上；但他總愛唐尼在複琴時彈上這一段。今次不同的，是唐尼的感情有點過火，他聳著肩，吊高雙手，微笑著，不斷偷望佚神父細心閱讀修女的字條；突然，他斜矚了唐尼一眼，停止閱讀。變了節奏的蕭邦敘事曲回復拍子了。

那邊窗，煩凡聽著微弱的琴聲，看著佚神父為唐尼複琴。多少年了，每天晚上，修女把每個小孩子都趕到睡房。九點鐘，長長的房間熄了燈，一排一排的睡床上，每個小孩都進入夢鄉之際，煩凡總是伏在床上，望著唐尼苦練鋼琴。

流過唐尼指間的琴聲，讓煩凡自幼接觸到音樂。但令他感動的，除了古典音樂外，是唐尼那種不厭其煩，重複練習的專注。還有，他的年紀，雖然與自己差不多，但他那驚人的勤奮練習，煩凡知道自己永遠做不到。

唐尼從來沒有停止練習，每周七天，放了學便一直練習到晚上十時；有時佚神父給唐尼上課，掙扎在一首曲子上，往往去到深夜。

不知幾個年頭，煩凡也不曉得從哪時開始，注意到對面窗練琴的孩子，愛上他的音樂。有時，音樂把伏在床上的孩子帶入了夢境，間中，他會被練完琴，關上木窗的吱吱聲弄醒；琴房的燈熄了，窗邊的S形鈎還搖擺著，咯咯聲慢慢地減速；鋼琴的餘韻彷彿猶在，他又再度墜入夢鄉。年復年，他不知聽到多少首名曲。但，「唐尼」，這個名字，今晚，他才聽到。

琴房燈熄了，煩凡平靜地望著天花，雨後的月光，清晰地把樹影打在上面，晚風用樹影掃描著天花。他輾轉著，時又望過對面街關著的窗口。關窗的回音，似又盪漾在街口中。

躺睡的人，逃不過天花上光影的塗鴉，無心睡眠的煩凡，雙眼已蓋上兩片不同顏色的玻璃紙，百思不得其解的雜念，讓這個小孩子，良久又坐於床緣。他把玻璃紙，小心翼翼地夾回床頭櫃上的聖經內，這本書，是他的夾萬，放得下去的東西，他都安置在裡面；他還記得常修女的一番話：「甚至你整個人也可放在裡頭。」

煩凡凝望了對面窗口一段時間，最後，他靜靜地離開了床，步下樓，走向禮堂，上了舞台。

煩凡呆站在布幕前，這是唐尼今天與合唱團排練時站著的地方。與舞台邊平頭的鋼琴共鳴箱上，除了琴書，常修女留下了一疊空白的字條紙。他又呆望著字條，想著常修女寫下甚麼東西，交給唐尼轉達佚神父手上。他轉身了，輕輕撫摸著布幕，那棕紅色，透過一排天窗射入的明亮月光下，晃動中，天鵝絨的漸變色更為明顯。他加強了一點搖晃，布幕底傳來怪聲。

他，嚇呆了。極力用雙手拉緊了搖擺的布幕，讓那怪聲盡快消失在原本的靜寂上。他蹲下了身，把手伸入布幕底，頓時，他已知道自己手上握著的東西。

唐尼留下了他的牧童笛。可能他太專注於常修女的叮囑，又忙著趕回去交字條，於是看不到自己隨手放於鋼琴後邊、舞台邊緣布幕下的笛子。

煩凡把笛子的吹孔放在鼻下，合上雙眼，深深地吸了一口氣。呼氣的時候，雙眼又漸漸打開，把吹孔放到嘴唇中，舌頭慢慢伸出來，舌尖輕觸了幾下吹孔，最後吹孔被雙唇含著。他不動的呆著，短而急促的一下笛聲，在烏雲遮蓋月光的一剎間，消失在禮堂中。

他放輕腳步，走到後園，風搖樹影下，他向後街井邊鐵閘旁的木梯邁去。煩凡還小的時候，就發現這道只可登上一樓長廊的木梯第三級，上面四口長釘可以拔出來。移開木板，裡面就是一個暗格，一直以來，當他遇到不快樂的時候，煩凡總是跑到這裡來，把內心的不快，一一吐入這個只有他自己知道的祕密盒子。此刻，他要把笛子據為己有。他知道是錯的，是件壞事，他順理成章地想到唯一把這不好的念頭能夠處置的地方，埋藏他內心深處隱憂的祕密。這黑暗的角落，是個解脫。

笛子在突襲的烏雲下，蓋棺了。群蛙在井邊哇過不停。

聖老楞佐堂，正門兩旁長長的花崗岩梯級，在放晴的日子下，投滿了送喪的影子。這座富有歐陸巴洛克風格的大教堂，兩邊的鐘樓，在蔚藍的天空下，氣勢特別高聳；相映下，前園的一列棕櫚樹都顯得嬌小了。

佚神父與常修女在兩條石級的交匯平台上，分站兩邊迎賓。鐘聲令他倆走在一起，是時候了。他們一起步向教堂前園的一道石級，轉身前，常修女指向左右兩邊氣派十足的長梯，與佚神父竊竊私語地笑起來。

「我最羡慕新娘子那長長的拖尾婚紗，在石級上冉冉而拖行。」常修女再度回眸石級，留下了佚神父幽默的笑嘆。

教堂前排坐滿了神職人員與孤兒院的善長，後排是老師與學生及信眾。合唱團旁邊站著尼尼，當煩凡見到他時，視線首先落在尼尼的手上，他拿著新的牧童笛。煩凡故意避開自己對尼尼的目光，但尼尼那雙棕紅帶橙色的皮鞋，擦得異常閃亮而令人奪目。

合唱團面對重重百合花圍繞的棺木，雖然木棺沒有蓋上，但安置在一座附有腳輪的鋁架上。兒童合唱團的小孩子，個子矮小得連屹高腳尖也不可能瞻仰到古修女的遺容。煩凡固然也不違例，他的視線範圍，除了常修女的指揮手勢，尼尼的吹笛神情，就一直留在那堆盛放的長方形百合花。喪禮彌撒結束後，棺木在合唱團歌聲下，被扶靈的人慢慢抬離教堂。

正午刺眼的陽光，令教堂側門圓拱形的輪廓線條更加明顯而立體。前園平台的棕櫚樹，樹頂綠油油的大葵葉，也被曬得泛著白光。煩凡目送一隊緩步滑行的黑影，以肩膊擔起了一副頭闊尾窄的十字形箱子，在教堂前園旁的梯級沉下去。煩凡的心境，也沉在低谷，口中卻和唱著高音的聖詩。這種矛盾，也正是目前他欲哭無淚的寫照。

煩凡讓上下兩排的牙齒微張，雙唇卻微微合攏，減弱地「嗚」出略帶鼻音的和唱。眼看常修女凌空慢慢向前上揚的雙手，當食指與拇指尖同時拈合而剎停的一刻，全場鴉雀無聲。

賓客開始陸續離開座位，鋁架的腳輪亦已在大理石的地台上滑行。煩凡的焦點又很自然地落回尼尼身上，但他剛剛恍如失去至親的心情，卻在有意與無意間，存著一種難以形容的衝擊與抗拒。他的眉頭突然皺起來，憂慮與不捨的眼神，朝教堂的拱圓天花望去，透光的彩繪玻璃，立即分散了他的注意力，腦海中，又不期然想起了存放在案頭聖經內的玻璃糖紙。

身處這座超過四百年的教堂，過去這裡也是煩凡與唐尼間中能夠最近距離見面的地方。每當有音樂會、大型彌撒，煩凡就期望著見到尼尼做司琴。極度內向，而帶點自卑的煩凡，有好幾次的機會與衝動下，也未能達成他與尼尼交談與接觸的希望，這個關係，就這樣又一度年復年地過去。煩凡仍滿足於每一個晚上，在尼尼的琴聲中，進入另一個世界。

又一個飯後的傍晚，熱鬧哄哄的自修室內，以亞巴圖為「領導」的「工作小組」，正展開了一項繁忙的工序。亞巴圖把一年來老師要他罰抄的舊拍子簿，撕下來製作燈籠；節日，總是給孤兒院一班小孩子帶來期待，期待愈近，歡樂愈濃。這個周末，正值中秋，同學們樂透了。

煩凡精於剪紙，床頭聖經內，有幾張他特別喜歡的卡通人物，同學們往往向他借來重印。在自修室的一角，他正忙於把通花剪紙放在一張廢紙下，然後打平鉛筆上的鉛心在紙上，輕輕把炭灰色的圖案擦印出來。經過㓨刀挑出通花，並以彩色玻璃糖紙封上，做成燈籠的透光材料；這樣燃點出來的效果，別樹一格。煩凡在眾多同學中，頗有藝術天分，可惜，一直被人忽略。他從來不表現自己，日漸流露的氣質，可能就是源於那一窗之隔，每晚迴盪流瀉在公園街的夜來琴聲。

炎炎氣溫下，自修室內的窗戶，雖然已經盡開，也得靠天花吊下的三把電風扇，亞巴圖是個胖子，這種天氣，總是見他滿頭大汗，他正用在飯堂省下來的米飯，黏合一些罰抄紙。他把製作完成的一個一個長方紙袋，放在當風的扇下吹乾，並排打開的紙袋，被風吹得左側右傾，幫手的同學們，也忙得七手八腳。

突然，轟耳欲聾的爆炸聲，嚇得同學們也驚叫起來，煩凡躲在牆角的櫈凳下，望著被震得泛光的玻璃窗，正當第二下更響的爆炸聲緊隨而來時，常修女用雙手推開了自修室的門，衝了入來，不過，她的臉上綻放著喜悅的笑容，她一手按著高高的一扇門，另一手招向這群老早已經嚇得魂飛魄散的同學：

「快上天台，快上天台。」常修女興高彩烈地重複嚷著。

煩凡是最後一個尾隨同學們跑上天台的人，在梯間拐彎處，「嘩」一聲後，一道耀眼綠光在擠滿同學的梯口迅速閃過，沿梯級摺疊的身影，轉眼便在煩凡的腳跟一伸而逝。驚魂未定的他，躲在天台出口的門邊，一條蛇形黃光升空，煩凡看見了平生第一顆玫紅的煙花。

常修女在煩凡背後輕喚他的名字，她手上拿著托盤，上面放了各種顏色的自製果汁冰棒，她微笑著，先讓煩凡選了第一根冰棒，同學們見狀，一擁而上，手執一棒後，又各自湧向天台欄邊，抬頭望著天空。孤兒院內，電燈與吊扇外，唯一對小朋友們，最感興趣又神祕的電器，要算是電冰箱了，在炎夏的日子裡，如魔術般從這個箱子內變出來的既美味又涼快的冰棒子，更是每個小朋友在盛夏裡的快樂泉源。

中秋的煙花彩排，未等及小朋友手上的冰棒在口中完全溶化前，便已結束。本來興高采烈的場面，在灰濛的天空回復清晰後，一班呆等的小朋友，又意興闌珊地陸續返回自修室。只有煩凡，他仍坐在天台門口旁邊，回味著剛才耀眼繁星爆開的一剎那，既驚又喜的心情；他巴不得明天就是中秋，趕快觀賞那如彩星亂墜的羅傘，罩下那道迫近眉睫的強光所帶來的刺激。仰望星空而幻想著的煩凡，手上仍不自覺地把玩著木棒子，地上留下了一小灘的果汁。

周末如期舉行了十五分鐘不甚緊湊的煙花表演。修女們為學生預備了食物，是夜天台變成了一個大食會。常修女今早帶了亞巴圖外出，接近黃昏才回來，亞巴圖把手上的糖果分了一些給要好的同學，煩凡還把糖果的玻璃紙留下來，以作紀念。

萬眾期待的主角終於出場了，常修女把月餅切開，每人可嘗得四分一個蛋黃蓮蓉月；小朋友圍擁在常修女身邊，細小的頭顱左側右傾地挑選著蛋黃較大的一角。常修女把一個圓整的月餅，放在亞巴圖面前，小心地遞給他一把小刀，然後，微笑說：「切餅前，許個小小的願望吧。」其中一個佻皮的同學搶著答嘴：「肥仔應該許個大大的願望。」大伙子都哄起來，但所有的目光還是落在月餅上的第一刀。

一年中，只有中秋夜，小朋友們方可玩得晚一點才休息。天台的賞月晚會已結束，大部分人都已移師到操場，各自把玩著自製的燈籠，修女為了給孤兒們盡情地耍樂，並沒有參與他們的自由活動。煩凡提著他的通花燈，與其他同學到院舍的每個角落去探險，亞巴圖與園丁添叔，在後園的花圃間，彎著腰，尋找著他們的獵物。

幾個偶然跳動的紙袋，排列在井邊的鐵閘下。那是亞巴圖在自修室自製的紙袋，一個個鼓脹的包包，裡頭藏著不時彈跳的物體，扭捲的袋口，上面滴滿了凝固的蠟。

時辰到了，大部分同學都擁到鐵閘前，亞巴圖還把紙袋寫上號碼，排列妥當後，各人把手上燃點著的蠟燭，一齊放到袋口上，小朋友都叫囂起來，喊著自己的心水編號。唯獨是煩凡，他手持被同學拿走了蠟燭的通花燈籠，坐在木梯上的第三級，心不在焉地望著這一群起哄團轉，那一堆左穿右插的同學。一隻放在梯級邊緣的手，掌心用力的壓在梯級上，但明顯的舉動，源自這隻並不自覺的手，不斷地輕微磨擦著梯邊。坐在暗角的人，內心牽掛著身下暗格裡的東西。

著火的紙袋，一個個跳起來，開始離開鐵閘口，方向不定的火球，有的跳得很高，有的跳到很遠，但最終，都是同一命運，就是停下來，還會聽到「噗」的一聲，裡面的蟾蜍，肚子也破了。

周日早上的彌撒後，下午是自由時間，各人都留在院舍，為了打發時間，小朋友往往會想出創新的玩意。亞巴圖又拿著他的紙袋，這次的袋身明顯有些小孔。日間，蟾蜍都熱得不會出來，今天，他與其他同學都靜靜地，放慢步伐，徒手活捉各種蜻蜓。這並非一個新遊戲，過往閒時，個別同學捉到蜻蜓，也會這樣玩上一會。不過，今次算是集體一起「承辦」，「規模」也自然地想像得比較「壯觀」。既然是如此熱鬧「盛事」，煩凡亦肯捐出了他心愛的彩色玻璃紙，只留下幾片不同顏色的「珍藏」夾在聖經內。他把材料剪成指甲大小的方塊，一位同學偷偷在工作房拿來針線，各人就趕緊地一紙一線的穿起來。最後，穿好的線頭會結在蜻蜓的尾上。為了避免蜻蜓失去活力，這個工序一定要快；準備就緒，小朋友們就會齊集操場中心，放出手上尾繫彩紙的蜻蜓，陽光下，閃爍的玻璃紙向著上空飄散，小朋友嘻哈歡呼地各自追逐自己放出的那片彩紙。

藍天下，一個日間燃放的彩色煙花，就這樣，在高空隨風飛散，騰歡聲中，彩紙很快便消失在艷陽下。

中學後，煩凡將會離開孤兒院。這個黃昏，他整埋好書簿，打算到自修室溫習。慣例的往尼尼的練習室望去。窗門開著，鋼琴蓋上了，沒亮燈的空房，帶給煩凡不安的感覺。樓下街中傳來佚神父的聲音，煩凡往窗下望，見尼尼與佚神父相抱，神父看來是叮囑著甚麼似的，他拍了拍尼尼後背，揚手前還給尼尼的前額一個吻。這個豁達的老人家，難得看見他臉上出現這種不安不捨的神色，他站在學校琴房對下的後門，不停地揮手。晚秋的海風，把他的黑袍在腳邊吹起來，尼尼那棕紅色皮鞋發出的腳步聲，良久已消失在海邊的轉彎角，神傷的老人家還站著。煩凡今天看不到他最喜愛的天色，黃昏與夜幕間的暗藍。

這年冬天來得特別早。呼呼的寒風，徹夜搖擺著琴房下的窗鈎，發出的聲音，令原本心緒不寧的煩凡，更加煩躁。他從枕下伸出前額，無助的眼神，多次仰望對面街緊閉的窗戶，他已進入極度痛苦的邊緣。多少個晚上，伏臥床上的他，棉被在背上抽搐著。今年的冬天，特別冷。

日子亦很快到了，常修女把收藏多年的銀腳環交到煩凡的手上。多年來，修女們一直沒有隱瞞所有孤兒的身世。在過去的日子，常修女會在適當時候，循序向日漸長大的煩凡，分階段交待他的出身，所以，孤兒們自小就學曉明理地接受自己身世的事實。

銀腳環，曾經是印證一個小生命的唯一信物。常修女多次讓煩凡觸摸它，從而肯定自己出身的歷史。今天，保管的人已守到一定的時限，物歸原主的時刻亦已來臨。

「我知道，你一定會妥當地好好保存心愛的東西。」常修女把銀腳環放到煩凡的手心，一貫的微笑，帶出一雙瞇眼的視線，掠過案頭上的聖經，雙手把煩凡的手指合在銀腳環下的掌心上，鬆開雙手前，再略為使勁地一握。

「不要遺留了跟身的東西，我在樓下等你，不用急。」常修女知道，這是她與煩凡最後一次在宿舍共敘的一刻，她放眼四周，由房端天花，到煩凡身後的街窗，又有點不捨而牽強的笑容，最後仍是落在煩凡的臉上，為了緩和難捨的氣氛，常修女輕輕捏了一下煩凡的臉頰，笑容立即變得有點佻皮地說：「好孩子，我會掛住你，會為你祈禱。」說罷，她施施然步下樓梯。

煩凡把銀環細看了一下，然後，放到他那簡便的行李袋中。袋內的衣物上，放著一本陳舊的聖經，他順手把它拿了出來，揭開的一頁，正好是一張發黃得幾乎變了咖啡色的牛油紙，是公車的乘車票。它，留下了一生中，第一次乘坐巴士的回憶；它，卻載走了出生時，那不知日子的隱晦。

把聖經合上前，煩凡用指尖輕輕拿出了一片黃色的玻璃紙，放在床頭櫃上，然後再揭開幾頁，找到了一片「聰明葉」，指尖拈著夾扁了的枯梗，把葉子在眼前轉了一下，之後，放到案頭的玻璃紙上。

提袋前，他把百葉簾拉高，深情地望了對面窗，目光又落回枯葉上；在窗外猛烈的陽光反射下，煩凡黑實的背影，消失在簡約寬敞的長廊睡房內。

對面那黃色的牆，被陽光曬得發白，窗框血紅。依依不捨的黑影，拖著猶豫的步伐，慢慢沉落梯間。對面「白牆」反映的光線，又由明漸暗的反映在斜斜的梯道上，對即將離開而被「流放」的人，內心充斥著一種莫明的感覺，像失去方向而又無所適從，一股暗湧心頭的無形力量，更把自己折騰得到了不得不宣洩的地步；一切似是去到盡頭，前路更是一片無助而空白。

常修女在樓下梯間等候著，手上的一束鑰匙發出空洞而無聊的微響。兩人的腳步聲在通往禮堂的長廊壁報板下停下來，常修女用鎖匙開啟了壁報架上一扇玻璃趟門，正當她伸手入內的一刻，煩凡搖頭制止了修女的行動。

壁報架上兩張發黃的鉛筆素描，描繪了當年澳門第一道通往氹仔離島的嘉樂庇總督大橋，政府為了大事慶祝這項建設的落成，其中舉辦了一項兒童繪畫比賽。貼在上面的一張，是煩凡畫的全橋遠景，當年他拿了全澳次名；下面一張，正中是橋面特寫，兩旁海面有幾艘「蛋家」的漁船，亞巴圖獲取了第三名。

煩凡望著自己的作品，回想著當時算是自己一生中，在孤兒院最風光的日子，不禁苦笑地把玻璃趟門小心地慢慢拉上。常修女趕及把一口幾乎鬆脫的圖釘，重新在紙角邊按上。殘缺而花斑的畫角上，又多了點鏽痕，一個模糊而略帶棕紅色的小圓圈。

煩凡選擇了從後門離開孤兒院。他趁常修女到教務處取後園鐵閘鑰匙的機會，通過禮堂，走到梯邊，他左右環顧一下，立刻把鐵釘從梯板拔出，迅速把笛放入預先打開的行李袋中；整理梯板之際，已聽到常修女叫添叔打開鐵閘。煩凡終於離開這所住了差不多十八年的大宅。他步過已封了多年的井，踏上那圈還能認辨的封痕。站在街口，他遠遠仰望那兩扇相對的窗。曾幾何時，這道空間曾經交流著一股難以用筆墨、言語去形容的感情，此刻一切都要畫上句號。

煩凡做了一次深呼吸，他沒有通過窗下的路，背著封了的井，往小路走去。他回頭望了井的位置，記憶中傳來嘻笑聲，小時候沒有自來水的日子，肥胖的亞巴圖常向自己潑水。煩凡微笑了，繼續往前行。

＊＊＊

崗頂聖奧斯定堂前地的廣場，擠擁的人群站在麻石砌的路上。煩凡幾經穿插才到達教堂的大門，他自小比較熟悉澳門人稱做風順堂大鐘樓的聖老楞佐堂；在堂口，他點過聖水，向周圍張望。發現近路中的前方，有一個小空位，瘦削的他，知道自己可以勉強塞進去，他趕緊腳步，在空位側禮跪祭壇，然後在座位前跪下，雙手托著前額，垂頭祈禱。

雖然參加彌撒的人眾多，座無虛席的聖堂，只有管風琴和著合唱團的聖詩，間中只有一兩聲由大理石地台與鞋底摩擦而發出的雜音，人群排成一行，正向前壇的棺木緩進，瞻仰佚神父的遺容。

參與瞻仰的人，從各方座位站起來，加入中途的行列。煩凡發現了常修女，她與另一位修女結伴而行。年事已高的她，臉上仍掛著一絲活潑，煩凡又想起了童年。

他專注著常修女，想知道身為神職人員的她，怎樣告別這個「並肩作戰」的老朋友。

常修女在正壇對著棺木拐彎了，她向旁邊的修女微笑，並點了一下頭，食指由雪白的袖口伸出，輕輕向佚神父的遺容一指，自言自語地向著煩凡的方向走過去。

「他，挺舒服啊。把腳一伸，就伸到天堂。現在坐於天父身邊，多好啊。你……」她指了一下正在入座的修女：「我……」她又指向自己：「還得捱下去，不知何時，才可以像他一樣地退休。」

淘氣的常修女，在離煩凡前三行的座位入坐，本來嬌小的她，年邁令她更加矮瘦，難怪煩凡沒有注意她坐在自己的前面。

常修女坐定後，靜了下來。煩凡的目光仍留在她的後背，但，很快地，他的視線已被一頭古怪的髮型所吸引。他，筆直地坐在常修女的前面，面向棺木，動也不動。

魁梧的肩膊，擔著貼身的黑色西裝。後腦跟雙耳上的毛髮，刮得清光，只留下頭頂上一塊圓形的「髮蓋」，似是電影裡，中古時代歐洲的傳教修士髮型，看來又像猶太教的禮帽，既短又黑的清晰髮線，只有每天剃刮，才有這個效果。

煩凡趨前瞻仰遺容了，當他身經常修女前方的時候，發現古怪髮型的人仍然仰望般面對棺木；煩凡站在他身邊，隊伍前進著。他望向前方，不想與前面的人相距太遠，更不敢垂頭側望這個男人。然而內心渴望的動力，卻令他停下腳步，忽然他感到自己有點唐突，前面的人又行前一步了，他跟了上去，更加沒有回頭望上一眼。

瞻仰完畢，煩凡立刻再度注視他所好奇的男人，但對方已垂下頭，一直似是祈禱，甚而默哀著。

彌撒開始了，煩凡期待著他所注意的男人，並沒有離開座位去瞻仰遺容，煩凡估計可能他老早已做了這個儀式；他耐心地完成了整個追思彌撒。

參加彌撒的人陸續離開聖堂，煩凡跪著，雙眼望著前方他渴望見的人。可是對方也跪著垂下頭祈禱。煩凡終於被常修女發現了，他們互相問候對方，牽手向著大門行去，煩凡不時回頭，但始終沒有如願。

煩凡故意留在教堂的大門口，他知道這裡是每一個人必經之處。常修女跟他滔滔不絕，內容大抵圍繞著孤兒院的往事，佚神父的生平事蹟，但身為聽眾的煩凡，此刻似乎不大專注。

雕花的綠色木門後，出現了煩凡期待見到的人，圓形的「髮蓋」令他飽滿的前額特別高，大眼、高鼻子、厚厚的下脣；煩凡定目凝望著，這個面孔他感到似曾相識，尤其他那對不笑也明顯地展露的酒窩。

被注視的人感覺到有人監視他，抬頭望了熕凡一眼，側身走向駛往墳場的巴士旁，可能就是彼此凝望的一剎，令他忽略了常修女，熕凡目送他獨個兒上了巴士。

塔石街天主教聖味基西洋墳場那粉綠色的圍牆，給人有著釋懷的感覺。佚神父的棺木在墳場正中的聖彌額爾小教堂停放了約十五分鐘，扶靈的人便把棺木送去墓地落葬。

細小的墳場，豎立了無數的雕像，加上種植了不少花草樹木，今天更擠滿了送葬的人群。每個人都低頭小心看著自己的步履，恐防踏在先人的墓地上。唯獨是熕凡，在葬禮後，他舉頭四處張望，終於見到他要找的人。在小丘上的教堂前，這個人正向常修女道別。熕凡跑了上去，雙腳在先人的墓地間穿插，他似乎理會不到，亦無心去理會了。

當熕凡到達小教堂的一刻，要走的人轉身了，熕凡在教堂旁的樹後目送他離開，見他施捨了零錢給墳場門口的公公婆婆後，登上了剛停下來落客的計程車，頭也不回的走了。

熕凡主動走到常修女身旁，本來想主動打聽剛與她道別的人，可是常修女已笑著首先打開話匣子了。

「有沒有去『探過』古修女？」說時側身望向煩凡身後：「這裡地方不夠用，今天又多了一個『住客』，我們年紀也大了，古修女被迫『起』來，燒後放在涼亭內。」她指著煩凡身後遠處一座圓頂白色小屋。煩凡轉頭望了一眼：「這個我還不知呢，等陣過去探她吧。」

「剛才在聖奧斯定堂，還來不及問候你的太太與兒子呢，他們現在怎樣？」常修女的雙手捉緊了煩凡的手。

起初煩凡支吾以對，心不在焉，但常修女的問候，變得愈來愈關心，畢竟煩凡是由她一手湊大。

「結婚十多年了，太太仍在賭場工作？」

「沒有選擇了。在澳門……」煩凡有點感嘆：「特別是她在多年前由大陸來澳，這裡工種不多。本來賭場也不錯，可惜她爛賭，失了份工……現在唯有替人家『沓碼仔❷』，每日在烏煙瘴氣的地方流連。很多時候，都在珠海，很夜才回家。」

他無奈地望了常修女一眼：「妳知我的兒子，讀書不成，我又掛住搵食，他退了學我也不知道。前日我『吉車』在路上兜客，見他托著石油氣罐橫過馬路，我望著他，他沒有反應。那晚回到家，才知道他當石油氣跟車。澳門現時正大興土木，新建的樓房都採用電爐了，他這一行已是夕陽行業。」煩凡已沒有正視常修女，他垂下頭，眼望鞋尖正慢慢滾動一粿小麻石，黑皮鞋日久沒有打理，灰白的鞋頭也有點破損。

相對無言的寂靜，令冷清的墳場更加蕭條。一直握著的雙手，突然被常修女再加勁地緊握了一下，她緊閉的雙唇，似笑非笑，堅定的眼神，眨眼間所傳遞的訊息，在孤兒院成長的煩凡，那有不明箇中道理。

「認命吧！孩子，這是現實。」煩凡恍惚聽到常修女的心聲，隨著她更用力的一握，令煩凡振作地打破了緘默：「世事很難預測，還記得第一次妳帶我坐巴士嗎？」他終於展露了一點笑容：「巴士票我還留著……依然夾在那本妳送給我的聖經內。本書已很殘舊了，間中也會揭開來看看……特別是不開心的時候……」霎時靦腆低下了頭，鞋尖輕輕地踢開了原本在鞋頭下磨

❷澳門賭場內其中一種行業。

動的小石。一隻不自覺地從相握中擺脫了的手，隨著抬頭，手指無意識地抓著額角，並展露了一點尷尬的笑容：「從前，坐巴士對我來說，是件大事；那有想過，今天，我每日超過十二小時，都坐在的士內。」四手又連在一起，嘻哈的笑聲，把兩人彼此握著的手，搖晃得像韆鞦。

煩凡回氣地吸了一口氣，冷靜地說：「聽老婆講，她識人，可能會介紹份工俾兒子，唉！……又是在賭場。還是希望他懂得珍惜，生性做人，不要步他媽媽的後塵。」

煩凡似乎不願再多說下去，常修女輕輕拍著他的手背。

流年似水

步出了盧廉若公園的麻石外牆，園內粵劇班的響板貫穿了牆身。唐尼有點迷惘，像失去了方向，左顧右望。

三十多年沒有見面的好朋友，只能在他間中舉辦的畫展中，去了解他的近況。大家的性格太相近了，彼此都知道對方的存在，但自從年少時，在冰天雪地的日本分別後，就從來沒有撥上一個電話。唐尼由各方面，取得這個年少時期知交甚篤的好友聯絡資料，但唐尼就是這種人，可以幾十年不聞不問，不過心中仍惦念對方。

還記得在日本的快樂時光，每天只顧學習板畫。他成功了，聽說他已被譽為「澳門板畫之父」。而唐尼呢？他在香港荷李活道經營畫廊，是一份既賺錢又自由的工作。

一直在公園門口迷惘的唐尼，終於找到方向。首先，他到附近的三盞燈，買了一束卡薩布蘭卡，他最喜愛的白色百合花。他知道安葬佚神父的墳場在附近，喪禮後，他從來未到過墳前追思。

原路又走回公園，見板畫展的海報貼在公園左面的通告板上。他看了一眼老朋友的相片，臉上不期然的微笑，令他的酒窩更加深了。之後他沿著暗斜，向著一列已被確認為世界遺產的棕紅色葡式舊洋房，冉冉而上。

唐尼似是著魔般，還沉醉在剛才的畫展。的而且確，畫展帶給他許多回憶，他可以花上很長時間在一個畫展上，亦可以逗留在一幅畫上一段時光。那是他個人的世界，所以他從來不會結伴看畫展，獨斷獨行地闖入他與畫家的天地。甚至一個相同的畫展，他會看上幾日。

就是這樣，當初在日本，也是捧這個老朋友的場，在連日重複回到板畫展中，他遇到了一個同道，日後更與她共諧連理。

唐尼倏地想起了他深愛的妻子，永遠穿著素色民族服，卻喜歡斑斕旗袍的女人。

板畫的灰藍、洋房的棕紅、旗袍的斑斕，唐尼的腦袋快要爆炸了。他停下腳步，合上眼，希望把這一切繽紛色彩，一掃而空。他看了手上的百合，確定了自己的目標，就是去尋找那「釋懷」的顏色，一道粉綠色的牆。

他抬起頭，繼續蹣跚上斜坡，突然眼前出現了一道粉綠色的鐵閘，跟他現時腦海中要去尋找的顏色，一模一樣地不謀而合。

更巧合的，是一個身穿鮮艷旗袍的女子，在鐵閘旁繞過。唐尼此刻被嚇呆了，在腦海中，正設法刪除的，卻在巧遇中，揮之不去。這是命運，於是，他隨著飄逸的旗袍腰叉，沿著門欄地上的馬賽克，走入了一家店子。

西洋教堂式的佈置，不同形態的天使，掛在樓底甚高的牆上。唐尼環顧一周，回望店名，通花鐵閘間，只見一道洋名；是一所有特色的洋服店，與其他常見的店子，格調完全不同。

店主與穿旗袍的女人，在一座倚牆的大鏡前，探討著穿旗袍之道。唐尼繞著店中的長檯繞道而行，在檯之末端，他拿起了一小瓶香薰，吸引著他目光的，是這一系列產品的商標，一個嵌有佛塔的金石；他會心微笑了，命運也好，緣分也好，都是一種巧合。

店主趁女人拿了另外一套旗袍，進了更衣室，便轉身向唐尼推銷產品。這裡一切都是異常。推銷自行設計旗袍的，是一位中年男士，外貌與口音也不是地道的本土人，太南洋了。尤其是他穿著的那條格仔短褲，雖然長度到膝蓋，但看似明顯是熱帶遊客，像剛到埗而不知當地氣溫；與唐尼的大衣頸巾，對比太強了。

男售貨員介紹檀香木香薰給唐尼。唐尼聞了一聞，沒作反應；相反，售貨員把瓶子往自己的鼻子一碰，他吸氣的樣子，卻令唐尼笑了出來。上翹的粗眉跳動著，陶醉的樣子，令本來極為吸引客人的笑容，清甜中帶著稚氣，加上他見唐尼發笑了，白晢的臉蛋略現淡紅。

唐尼最後選擇了雞蛋花的香氣。正當男售貨員替他包裹的時候，旗袍女子走了出來，她套了一襲白色絲質越南裝，故意正面向著兩個男人望上一眼，回身走到大鏡前。唐尼望著那閃亮的白絹暗花，又若有所思。最後他要求售貨員不要包裝，直接把瓶子往大衣側袋放下去，付了費用，並示意稍留在店內參觀，售貨員禮貌地回到穿白長衣的女人身邊。

唐尼把百合花暫放在櫃台旁邊，發現櫃台上也放置了一盆盛放的卡薩布蘭卡，他稍作欣賞便往帽架走去。

他拿了一頂暗紅幼格仔的絨帽，放了上頭，在落地鏡前左右側身一照，帽子的顏色正好與腳上的一雙鞋成絕配，他不想打擾店員與試衫的女人，於是戴著帽，繞過長檯，再走到櫃台前面等候。

男店員見唐尼等候，於是暫時放棄了身邊試衫的顧客。唐尼示意會戴走絨帽，付錢期間，他向男店員打聽塔石街西洋墳場的方向，對方打量著唐尼套上帽子後，略為改變的相貌，當聽到唐尼要到的街名，正是這家店子的所在，於是他很自然地，微張著口，臉上帶著滑稽的笑容。

唐尼一邊拿起花束，一邊向男店員盛讚台上的插花。店員看見唐尼手上的花束，全部是未開的花蕾，再想起唐尼正打聽要到墳場去，於是在花瓶中選了兩枝多頭盛放的百合花，交到唐尼手中。唐尼見兩枝大百合圍在花蕾上，極為好看，於是不但沒有婉拒，還示意付款把它買下。店員禮貌地拒絕了，一邊把唐尼帶到鐵閘外，指著墳場的方向。

唐尼脫下帽子，跪在聖彌額爾小教堂中祈禱。靜悄悄的教堂，只有唐尼一個人。他留了一會兒，便往外去找佚神父的墓地，花了頗長的一段時間，仍然找不到。他向空無一人的墳場，環顧一番，轉身打算向另一小徑行去的時候，突然，身後出現了一個女人。

她身穿一件黑色大褸，手上拿著一本書，似乎很熟悉環境般，善意地向唐尼教路。

唐尼按照黑褸女子的指示，在小坡上找到神職人員的墓地。在那裡，他看見日久失修而傾側了的佚神父墓碑。他放下剛才男店員替他包紮整理好的鮮花，呆望著墓碑上佚神父的遺照，好一陣子才離開墳地。

百感交集的唐尼，又回到聖彌額爾小教堂。他垂下頭，手持絨帽，獨自坐在祭壇前的長木凳上。不知哪時起，從小教堂的側門，隱約傳來人聲，是一把低沉的聲音。聽下去，似是自言自語的獨白。唐尼好奇地往側門走去，在門口再度細聽傳來人聲的方向，然後，他一步一步地走向小教堂的後面。

人聲愈行愈清楚，是葡文，由一把磁性的低音，富有感情地朗讀著。

唐尼站到一棵樹後，似乎有所發現。他看見剛才指點迷津，穿黑大褸的女人。她坐在一尊雕像下，手上打開了一本書，全程投入地朗誦著。

當她翻下一頁未讀完的文字時，唐尼故意讓她發現自己的存在，行前並站到她的後方。似乎是結束的一頁了，前排只有幾行簡短的文字，跟著後面，以至下一版，全是空白的，似是新詩的寫作。直行的文字，由中文寫成，奇怪的，是用葡文讀出。

唐尼趁她集中地還未讀完，再行近一步。書上的文字，一一盡入眼簾。

滄桑又滄桑，
幾許紅塵，不堪回首。
只盼
望穿秋水故人來。
難奈
那善變的、湮沒的
逝日；
無懼
那不復的、似水的
流年。

看到最後一行文字，唐尼腦海中，不期然響起了一段引子。他很少接觸流行音樂，但此刻，在他腦海中浮沉的調子，是一代百變歌后——梅艷芳過去所唱的歌曲中，唐尼最鍾愛的一首，他更認為是歌者最經典的代表作。

黑衣女子合上書本，站了起來，一邊整理衣服，一邊向再遇的唐尼打招呼。

「找到了嗎？我相信剛才我指的方向，一定沒錯。」她說出蠻有自信心的開場白。

唐尼禮貌地道謝，但眼睛早已落在她手上的書本上，還單刀直入，開門見山地說：

「妳剛才唸甚麼？為何……在這裡唸？」

女子的下唇，輕輕含著上唇，無奈又帶點尷尬地笑了。最後，她用舌尖潤了一下雙唇，似乎要潤溼連番朗讀的嘴唇。她優雅地蹺過低低的路堤，邊行邊說：

「我喜歡寫詩，過去不停地寫，如今也是。」又一次堅定信念的談吐：「我想……這是最好抒發個人情感的方法。平時，不一定到處找到聆聽者；找到了，又未必同意自己個人的見解。禮貌的，最多聽上一兩次；不接受你的，可能會釀成辯論、爭執。我承認自己的個性比較倔強。自己的筆墨，始終不會跟你辯論；白紙更加不會與你爭執。」她含蓄地苦笑了：「悶到你了，是嗎？」

唐尼微笑地搖頭：「不會，哪裡呢！我高興聽到妳的見解。我文筆不好，有想過當一個作家，只是一陣子，很快便取消了這個念頭……現在，偶然只寄情於寫生，我喜歡速寫。我覺得，速寫與作新詩很吻合，是突發性的，好像神來之筆，可以變成很好的作品。把作家當時此刻的心情，寫下來、記下來，不愧是個人的歷史檔案。」

「咦，你也是文縐縐的，我今天可能找到一個同道中人，一個好的聆聽者。」她笑得如同突然吸飽水分而綻開的鮮花：「你比他更好。」

她回望小教堂的後方，高貴的氣質，令臉上的笑容收放自如：「我過去的丈夫。」

她停下腳步：「以前，我愛他；現在，我懷念他。過去，我不懂珍惜吧，只顧著埋頭寫詩，不大理會他。而他，又十分尊重我，不停鼓勵我，甚而，幫我找出版商，發行我的詩集。」

她的腳步開始向前，朝著墳場的出口，慢慢走下去：「不過，他從來不知道，我寫甚麼。」她仰頭望了一眼藍天：「他不曉看中文，我丈夫是個葡國人。我知道，他一直深愛著我，那種拉丁人的熱情，只要他在我身邊，每一分、每一秒，你也時刻感受到。」

冷風從入口兩幅粉綠色的牆吹過來，她把兩臂纏繞在她那豐滿的胸部，隨風嘆了一口氣：「他遇到意外，走了。我提著他的手，聽到他最後對我說的一句話：『每天給我唸……你的詩，好嗎？』……」她望著地下翻滾的落葉：「這是……我在這裡出現的原因。每天如是，風雨不改。」

臨近入口的風加強了，有點刺骨，唐尼帶著凝重的臉色，不發一聲。

計程車由斜斜的滑坡流下來，她優雅地揮了手，唐尼急步替她開了車門，她先道謝：「送你的，希望你喜歡。」臉帶灑脫笑容的她，把懷中的詩集，交到唐尼手中。唐尼來不及道謝，車已順勢疾駛下坡。他拉緊了頭上的帽子，目送計程車在遠處拐了彎。別了，這個令他難忘的——「澳門張愛玲」。

唐尼垂頭望著手上，用孔雀藍絹精裝的詩集，刀割般的寒風，令他的雙手顫抖起來。陽光穿過高高的梧桐樹，打在抖擻中的絹面，那種閃動的幻彩，有如舞台上千變萬化的燈光。唐尼腦海中，隱約見到那百變的她，站在舞台上，射燈下，唱著她那首永不唱完的調子：

留下

只有思念，

一串串，永遠纏……

……情懷未變……

莫問我是誰

緩慢的計程車，在墳場門口禮貌地響了一下短鞍。想得太入神的唐尼，不知自己已過分地踏出了駕駛道。他退回兩步，順道上了車。

溫暖的車廂不但令唐尼舒展過來，還有那洋溢在小小空間的音樂。隨著車門的關上，光碟正巧播著蕭邦G小調敘事曲八十二節附近。唐尼扣上安全帶，合上雙眼，讓那動人的主題，慢慢滲入，「淨化」他那紊亂的心。

車子在小街短巷中，不斷拐彎。唐尼在黑暗的世界裡，無力無助地枕在後座，感受著身體隨車的擺動。這種搖擺，甚而他喜愛的音樂，一時間亦無法擺脫他起伏的思潮，人物一個一個地出現在腦中：「張愛玲」、妻子、甚而塔石街那穿白色越南裝的女人。

他睜開眼，打算利用街景，讓自己分心。帽子因頭部枕在沙發而差不多蓋在雙眼上，他輕輕抬高了一點，剎時間，只見一對深淵的眼，在倒後鏡中凝視著自己，他避開了，望到那繁華的街上；身體動也不動，仍然像一條死魚般，撻在原處。

一股類似雞蛋花的香氣，滲入了唐尼的鼻孔。他突然坐直了身子，隨手把大腿上的書本放在旁邊，雙手忙亂地往大衣的內外袋伸索，當一邊大衣意外地蓋在寶藍色的沙發上時，書本隨衣滑下了。此刻，唐尼只集中檢查剛才他買的一瓶香薰，因為當時他要求店員不必包裹，所以現在他恐防有否溢漏。檢查過後，他把小瓶往鼻子一聞。

「是白蘭香薰，可以接受嗎？」倒後鏡的人發聲了，雙眼大部分時間仍然留在鏡中：「淡淡的，不會敏感吧。」

「可以。」唐尼回應鏡中的眼神，但那神采又令他不知如何把話題伸延下去。良久，他望著瘦削的側面、尖鼻而似澳門土生葡人的司機說：「音樂很動聽，非常配合你選的香薰。」一時間，說話又拮据了。

「這光碟播了好幾年。壞了又再添置一張新的，但都是蕭邦的鋼琴。」

「我經常搭的士，差不多每日都有搭，但很少很少司機會聽古典音樂，更遑論蕭邦的鋼琴作品。」

「由細聽到大，習慣了，變成一種興趣吧，改不了。不像出面，變得太快，我是本地人，也難接受。」司機第一次大動作地把臉部完全離開了倒後鏡，望了外面酒店賭場區一眼。

「我知道，小時候，我也在澳門耽上一段頗長的日子，這裡好像是農田。」唐尼終於找到對答的話題，朝著司機剛才望著的酒店區方向。

「養豬的，猜不到今時今日，這裡地皮會變成這樣矜貴。」司機帶著嘆息的語調。

「我也來玩過，這裡有個水塘，我和其他小朋友，常把政府拿來裝垃圾的竹籮，放入水塘捕魚，說來蠻有趣。」唐尼回憶著，興致勃勃。

「那山邊還有個小瀑布，我們常來沖身，不過機會不多，要和其他小朋友偷走出來玩，才可以嘗試。我是孤兒，在孤兒院長大。」

唐尼愣住了，他知道舊日的澳門，只有兩間孤兒院，一間在他學音樂的對面，另一間稱「兒童之家」的，在高地烏街，現在拆卸了。突然間，唐尼感到非常好奇：

「你不介意我唐突地問，你是哪一間孤兒院出身的？」

「公園街。」司機的職業病，只曉街道。

唐尼知道兩人年紀彼此相約，況且自己在小時候，也到訪過孤兒院，更經常為他們的禮拜彌撒當司琴，可能曾經認識對方，於是關心地問：「間中有回去嗎？」

「有！我們當司機的，每天經過幾次，澳門街不大。不過，那邊跟這裡一樣，變了很多。前面的海，填了。後面山邊，變成高樓大廈。只有旁邊的小公園，幸好還存在。對面……對面的小學、大屋還在，不過……好像沒有辦學了。」

他好像回憶到一點東西，吞吞吐吐的繼續說：「那間小學，我記憶最深，因為……我每晚入睡前，都聽到一個小朋友在對面練琴。」說到這裡，司機彷彿感應到倒後鏡內的眼神，在專注中略帶緊張。

「他很勤力，練了十多年，每晚都練。」一直關注著倒後鏡的司機，雙眼像看網球賽的觀眾般，來回鏡與路面之間。

「現在的小朋友，不會這樣努力。」他又嘅嘆起來：「像我的兒子，只學了一年，還一直埋怨我，說是我逼他學的。我清楚記得那個男孩子，一直又留意一些音樂會，間中也會抽時間到大會堂去欣賞。其實，我很懷念他，因為我還未離開孤兒院時，有一晚，他突然消失了，從此就沒有見過他。所以，一直有留意來澳門演奏的鋼琴家。他叫唐尼，有否聽過這個名字？」

突然的呼喚，來自一個陌生人的口中，令屏息靜氣的唐尼，幾乎窒息。霎時間，他的腦袋，亂作一團。此刻，他只知道，若然告訴對方，自己就是唐尼，一時間，又不知怎樣會令對方相信，坐在他背後的大男人，就是當年的小男孩。情急下，唐尼衝口而出：

「是我，那個彈鋼琴的男孩……就是我。」

車子正駛下葡京酒店附近的天橋，到了橋腳，司機急轉汽車到路旁，可能衝力太大，路旁一列水石榕，頓然飄下片片白花。

司機把視線由倒後鏡，回頭轉到乘客身上，緩慢地把頭抬起，正當四目交投那一刻，他的眼通紅了。

「真的……是你？」聲音突然變得低沉，而又不肯定。

唐尼點了頭，緊綳的嘴唇意味著他肯定的答案，默不作聲。

兩人凝望著，車廂只有蕭邦的敘事曲。

唐尼手拉著車窗上的扶手，另一手緊按大腿旁的座椅上，稍作傾前的上胸，被安全帶緊緊箍著，面對神情突變的司機，他不知所措。

急剎停車的衝力，加上不假思索的招認，都令目瞪口呆的唐尼，從鼻孔與微張的嘴唇間，呼出緩緩加劇喘氣的聲音。

「我好掛住你。」司機又把頭垂下。

一句更加沖激的說話，隨著司機的垂頭，截斷了兩人四目傳神的距離，卻拉近了兩個僵著的陌生男人的空間；仍迴旋在唐尼耳邊的激動句子，尤如刀插般直闖他的心底，烙印般埋在他的心竅裡。

「三十年了。大概已經有三十多年。」抑壓著情緒的司機，仍然低著頭，喃喃地自語；略帶憂傷的神情，似是喚起著他過去一段唏噓的回憶。

「將近四十年了。」唐尼語調帶點喘息，心脈隨著起伏的敘事曲而急跳著。曲終前的一個漫長休止符，更令死寂的氣氛頃刻膠著。

「你去了哪裡？」抬頭的一問，略帶質詢，聲音卻依然低沉。「那一晚，你突然消失，我的日子很難過，特別是每一個晚上。記得，你離開那一年，我足足病了一個冬天，我當時覺得……我可能撐不下去。那年冬天特別凍。」

「我去了歐洲，讀完書，回來亞洲，大部分時間留在香港。間中來澳門。」唐尼強作鎮定，把拉緊的安全帶鬆開。

「你有否回去？公園街。」

「沒有。」突然唐尼改變了口風：「只有一次，帶歐洲的朋友來觀光。很多年前了，無意中，順道經過那裡。」他嘗試著把捆綁兩人的空氣，鬆懈過來。

稍為懶洋洋的低音，突然變得有點高調：「那幅牆沒有變啊，都是黃色，窗口也是紅紅的，不過木框的色，有點脫落。小時候，記得每次關窗，都很討厭它，吱吱聲。」唐尼找到一點證明自己身分的話題，而有些微興奮雀躍。

唐尼成功了，司機終於發笑：「每晚聽到吱吱聲，我例必望過去，知你練完琴，要走了。有時太倦睡著後，也會被吱吱聲吵醒，我會翻轉身，看著你熄燈。」說時，惺忪留戀的眼神，卻亮著。

唐尼苦笑著：「對不起，吵醒你。」

司機從腰袋中，拿出手機，放到前座兩個頭枕中間：「可以給你拍照嗎？過去我跟家人提起你無數次，尤其是我兒子學琴的時候。還有，亞巴圖那個肥胖子，記得嗎？他現在做政府部門，當了高官，人很好，沒有架子，我們間中見面。若然，我給他看你的照片，他一定不相信。可以嗎？給我的手機留個照片。」

唐尼把帽子稍為拉高，對方手機響了一聲。他隨即勘察機中相片，一對眼珠再由手機回落到唐尼的臉上：「我記起了，印象中，似是在佚神父的喪禮，我見過你，你有否到場？」

唐尼點了頭，似是回憶的表情，令他輕鬆下來。如今身分再次被對方肯定，殘留臉上的半點緊張，亦一掃而空。

「我還記得佚神父嘹亮的歌聲，你上課的時候，他就是不停地唱，手舞足蹈的。小時候，真的不知道他在指揮，還是在打拍子。」

「他很大年紀才走，走前我見過他，當時在崗頂修院，常修女也在場。不久，他在睡夢中去了，是他積得的福氣。」唐尼停了一會再說：「消息傳到我耳邊時，很遲了。幸好來得及出席他的喪禮彌撒。」說完，又把嘴巴緊緊地合起來。

「我好像看見你坐在前面第三行，我在你的後面，近中間。當時，我有留意你，但，那時我不知道，你，就是唐尼。」他說完，又抬高了手機，帶點不肯定的語氣說：「方便留個電話嗎？日後有機會可作聯絡。」

唐尼隨著他快速的按鍵，說出了號碼，他的手卻一邊向大衣內袋伸去：「我今天忘了帶手機。」隨手的是一本長長的記事簿，他拿了筆，打開了記事簿最後一頁。

一張類似手繪的名信片，從底頁的透明膠套落在他的膝蓋上，司機馬上伸出手，下意識打算替唐尼撿起來，可惜手長不及，他望著唐尼自行把那繪有佛塔的畫片，放回記事簿中，然後把電話號碼寫在底頁，寫時他的眼睛向著司機的名片望了一眼。

他一邊把記事簿放回袋中，再次認真地向著名片望多一眼，上面登記了司機的個人檔案，名字清楚地寫著：「莫煩凡」。

「你叫莫煩凡？好特別，挺有意思，也很順口。」

很快地，車子按唐尼上車時的吩咐，到了目的地——港澳碼頭。其間他們兩人並沒有交談，但雙方在車內倒後鏡的眼睛，倒是忙碌。

唐尼一手付車資，一手打開車門，莫熉凡一邊婉拒，一邊打趣說：「聽了這麼多年你的演奏會，這算是門券費吧，請你收回。」

唐尼臉上露出了一點笑容：「保重，有機會再見。」他把視線移開了一陣，再說：「可能的話，再讓你的兒子，回坐到鋼琴前面。」一邊說邊把眼神落回莫熉凡的臉上，還是付了款，說聲「再見」，把門關上。

莫熉凡一直保持原狀，面向後座，在前座兩枕間，呆望目送唐尼離開車間。他已忘記了自己有否回應「再見」，只感到剛才再次開車起程後，有種無奈的冷漠，這種不尋常的氣氛，令他僵住了。

唐尼入閘前，脫下了帽子，莫熉凡看著他後腦的髮型，想起了在佚神父的喪禮中，在教堂中座，從後面見到了唐尼。相隔這麼多年，就是那一次，亦是第一次大家彼此相遇。

自動閘關上前，唐尼一直沒有回頭。他那對擦得發亮的、棕紅色的皮鞋，又令莫熉凡倒退了幾十年。古修女的喪禮，牧童笛聲中，那穿著橙紅色皮鞋的尼尼，又再度出現在腦海裡。

百感交集的莫煩凡，把手上的錢，恨恨地擲去鄰座下面，忙亂的手指，瘋狂地把光碟的轉數，按到敘事曲的編號上，再把音量調較到最大，放上截客牌，車子迅速消失在天橋上。

他把車子停在公園街兩扇窗下，抬頭望著那緊閉的棕紅色窗口，不知怎的，悲從中來。他用雙臂伏在方向盤上，淚水已忍不住，洶湧地從臂彎流出。男人痛苦的嗚咽，蓋過了蕭邦的琴聲，大腿的褲管溼透了。

抽搐的肩膊，慢慢靜下來。不知何時，光碟已經停止運作；車內靜悄悄，人不動，外面封上了凝重的暗藍。

下了車，莫煩凡垂頭面對生鏽的後門鐵閘，看著鐵閘著地的空隙，雜草叢生；牆上一小撮黑骨芒，在風中搖曳著。風又來了，帶著枯葉在他的腳邊轉。窗鈎的咯咯聲，令莫煩凡抬高頭，望向兩邊窗口。就是這個位置，這個相近的季節，佚神父攬著他至愛的學生，跟他道別。

這也是他最後一次見到唐尼，事隔這麼多年，今天，彼此終於能夠相認。他環顧四周，望著腳下他踏足的一點，當年，從這一點開始，就是他們分別之時；他怎麼也猜不到，今天，他又站在同一點上，卻是他們能相敘之刻。

他舒了一口氣，慢慢步回車邊。街燈剛亮，他拉開車門，回顧唐尼剛才的座位，在濃濃的暗藍天色下，車廂底，發現了那一片孔雀的藍。

三盞燈之金石

唐尼離開了塔石街粉綠色鐵閘的商店，穿短褲的「南洋人」，帶著他那「歷久常新」、稚氣甜甜的笑容，微微彎腰致謝地跟他道別。今天，唐尼他慣常地披著大衣，手上卻拿著小禮包，向著三盞燈圓形前地進發。

唐尼老遠便見到莫熕凡，他站在圓形前地的三頭燈柱下。唐尼跟他打過招呼，便遞上了禮包：「聖誕快樂。」

「是甚麼？」莫熕凡禮貌地接過了。

「等陣，打開便知道。適合你用的。」唐尼輕輕按了他的肩背，之後左顧右盼一番：「我們往哪處去？」

「吃過嗎？這裡是緬甸人聚居的地方，差不多每一家食店都賣緬甸食品。最出名的是魚湯粉，可以一試。」

「隨便吧，反正真的有點肚餓。」

兩人沿圓形的出口，進了一家門口標有售賣魚湯粉的食店。

落單後，莫熕凡從他的環保布袋中，拿出了唐尼留在車中的詩集。

「我沒有預備聖誕禮物，這是還你的。抱歉給你打了這麼多次長途電話，我不介意你把電話單發給我。」

「傻啦！」唐尼笑著把這兩字從喉嚨中噴了出來，然後定一定神，再說：「快開禮物吧。」

莫熕凡小心地把禮包打開，內面有四瓶香薰，三瓶白蘭、一瓶雞蛋花。他順手把白蘭花送到鼻下，嗦了一下。

「很清香，比我平時用的更好，哪裡買的？」

「就在盧廉若公園轉上去的塔石街，你當的士司機，一定比我更清楚路向。」

「那裡只有一間買衣服的店家，門面挺高級。」莫熕凡雙眼有點朝天地猜測著。

「正是這一家，門口有高高的粉綠色鐵閘。內裡除了賣衣服，還有這個自家出產的牌子香薰。」唐尼說著，手中已拿起一瓶香薰，並指著招紙上的金石商標。

正當莫煩凡研究著招紙的時候，食物已放到檯面。唐尼指著莫煩凡手上招紙的金石，直接地說：「我從這裡來。」

莫煩凡示意不明白。唐尼請他一邊吃，一邊開始解釋：「是一個大金石，原始就懸吊崖邊，緬甸的一個著名地標。石頂上面建有金塔，內藏釋迦牟尼的真頭髮。」

莫煩凡把頭側過一點，指著唐尼後面牆上的月曆海報：「是否就是這個金石？」

「正是。」唐尼把回頭轉過來，對著莫煩凡興奮地回答：「很靈的，在緬甸，家家戶戶都供奉。我媽媽就是到過金石，才把我生出來。」

莫煩凡感到莫名其妙，繼續追問。

唐尼停下筷，娓娓道來：「我在緬甸出生，媽媽本來已經擁有六個女孩，一直都希望生一個男孩。有次她病重了，連日沒有出來給和尚、尼姑化緣。有日，爸爸發現一個長相中國樣貌的緬甸尼姑，一直站在門外不走，她亦似乎得知我媽媽病情嚴重。她告訴我的爸爸，只要媽媽每天以鮮花及清水，拜祭供奉在家的金石，待病情好了，最好能親自到金石的所在地，祈求平安與願望。她還說，若然媽媽能夠在一年內，親自到金石拜祭九次的話，願望將會成真。」

莫煩凡再瞄了唐尼身後的金石，然後問：「金石在緬甸哪裡？原名是否就叫『金石』？」

「不是，主要是英文『Golden Rock』翻譯過來的，緬人稱『接天邀（Kyaiktiyo）』。」唐尼像當了導遊。

更繼續津津樂道：「媽媽果然去了七次，便把我生下來，那晚是農曆七夕。事情就是這麼湊巧。好像我，那天，無端端上了你的車。」

說到這裡，大家又靜下來。雖然兩個人都在進食，但突然由滔滔不絕，驟然的靜默，始終怪怪，還是唐尼把話題再延開去。

「還有，媽媽為了感激那個中國尼姑的啟示，於是我的名字，順理成章就變成『唐尼』。」

「蠻有意思啊。」莫煩凡抬起頭，伸出了一隻手，展示他手腕上改裝了的銀腳環，把如意上的刻字，翻給唐尼看：「還記得孤兒院的古修女嗎？我的名字，是她根據我媽媽留在我身上的這件腳環改的。我也覺得不錯，因為至今，我從來未見過與我相同名字的人。」

唐尼也顯示了他手指上的一枚紅寶石戒指：「緬甸的紅寶石，媽媽留給我的，將來我也會留給我的至愛。」

正當唐尼研究著如意上的字體時，莫煩凡又再問：「你還未回答，究竟金石在緬甸哪裡？」他把視線望向牆上的一幅緬甸地圖。

唐尼又做導遊了，他站起來指著緬甸的舊首都仰光，再把食指在地圖上滑行到東北部一個河口：「就在這裡了，你到過緬甸嗎？」

莫煩凡沒有反應，繼續吃完他最後一口魚湯粉。他咽了一口茶水，細聲地跟回座的唐尼說：「我從來未坐過飛機。」他把俯近唐尼的身體靠直了，但仍然以柔聲繼續說：「我一直都在澳門，對你來說，是個鄉巴佬。不過，無妨啊！我只不過是個的士司機，揸車過一世！」

最後一句，他決斷、加速地說完，背部亦隨即靠在椅上。

唐尼啞口無言。最後，他把視線落在牆上的地圖，堅定地說：「想去看金石嗎？我願意帶你去。」

莫煩凡不好意思地站起來：「走吧，不要阻人家做生意，現在澳門租金好貴。」他走到賬櫃，放下一百元鈔票待找贖，回頭又再跟身邊的唐尼說：「我請客，反正我沒有聖誕禮物給你。」

走出食店，莫煩凡又嘗試找出金石以外的話題：「上個星期，我見過亞巴圖，他已知道你的出現，希望我約到你，大家再出來吃一餐飯；他不知道我今天會見你，下次吧，大家可以再見多一次。上個星期是他約我的，我終於回到孤兒院。原來每年聖誕，亞巴圖都會扮成聖誕老人，回孤兒院派禮物。他夠肥，扮起來似十足聖誕老人。」莫煩凡似笑非笑地完成了他的長篇說話。

唐尼聽著莫煩凡的話題，不自主的跟他又回到三盞燈下的圓形地，大家坐在長木椅上。

「還有，」莫煩凡再伸手入環保布袋內：「說來有點慚愧，這是要還你的，當年我在孤兒院的禮堂找到。我知道是你留下的笛子，但我據為己有。」

他把牧童笛交到唐尼手上：「對不起，它一直未離開過我身邊。」

唐尼望著「失散」多年的牧童笛，苦笑地對莫熕凡說：「多年沒有吹了，我幾乎忘記了我曾經吹過牧童笛，你會吹嗎？」

莫熕凡良久才尷尬地做了一個幾乎難以察覺的點頭：「是自修的，沒有師傅。」

「那麼，」唐尼側頭望著垂頭的莫熕凡：「你不單止只會開車，還會吹啊！」大家忍不住，一起笑出聲來，氣氛又再緩和了。

「既然，你從來未離開過它，」唐尼繼續用他先前的佻皮，幽默的聲氣說：「那麼，我就把它帶到緬甸，看你是否會跟著來。」

「去緬甸做甚麼？」莫熕凡抬起頭。

「做和尚！」唐尼理直氣壯地說：「如果你沒有領洗，又沒有其他宗教信仰，不妨試一試暫時出家。對家人是一種福氣，特別是對你的『母親』。」

或者，唐尼的衝口而出，特別是某些稱呼，對莫熕凡來說，可能是較為敏感，於是，他沉默了片刻：「對……對不起。」唐尼帶點歉意地繼續他未完成的話題：「緬甸男子經常出家，一生人，最少一次。若然遇到不快樂的事情，譬如一個很大的打擊，他們都會走入寺院住上一段時間，期間會跟大師學道理、誦經、默想。時間的長短，是個人意願，可以是一日、兩日、一個月，甚至一生。短日子出家，其實是調整個人情緒，對心理與靈性，都有一定程度的幫助。我已當過兩次和尚，媽媽在生時，我答應了她，每隔十年，就會回到故鄉，做一次和尚，明年剛好夠期。我希望……你能跟我去緬甸，嘗試出家。」

正當莫煩凡猶豫之際，兩部消防車尾隨一部救護車，鳴著嘈吵的警笛，正駛入廣場。一群正在廣場打羽毛球的、玩足球的街坊小朋友，為了避車而紛紛湧入三盞燈圓形地。一個足球，正朝著莫煩凡的臉部方向，高速踢過來……

三個願望

上課的鐘聲響了，莫煩凡接過了一個勁度十足的球，比賽亦在四散入課室的學生嘈雜聲中結束。他為了發洩球癮，不太理會自己沒有穿鞋，雙腳因而有所損傷。他喘著氣，一跛一跛地走向唐尼。對方迎了出去，一雙眼睛帶點擔心的注視著他的腳。

雖然他們身披袈裟，但身分始終是半個旅客，所以當天他們在寺院中安排了日後的行程，出家的日子即將結束。

這座位於蒲甘近郊的寺院，範圍廣闊，唐尼與莫煩凡到處瀏覽。這裡將會成為他們的基地，意味著他們會在此還俗，結束緬甸的旅程。

唐尼走到寺院一處較高的地方，在鐘樓上示意莫煩凡他們將會遊歷的平原，只見遠處高高低低的佛塔，在紅土沙漠般的野外，露出了塔尖。

唐尼告訴莫煩凡：「這裡有超過二千多座佛塔。」他指著一座較近較大的說：「明早我們會登上這座塔看日出。」

蒲甘佛塔群已被列入世界遺產，唐尼第一次踏足這裡是二十多年前的事。他告訴莫煩凡，早期這裡非常荒蕪，只有小村落與農家，大部分地方，類似澳洲艾斯石附近的沙漠，紅土上的佛塔，具有千多年的歷史。他又從那常帶備身邊的記事簿，抽出那手繪的名信片。紙質發黃了，四個角落已損破，明顯是幅兒童畫。他以欣賞的神態，把目光留在紙上一段時間，像在追憶甚麼似的，然後遞到莫煩凡手上。

「帥古寺（Shweguyi），建於一一三一年，由當時的國王建造，屬皇家祭祠的佛塔，是這裡其中一個我最喜歡的廟塔。我們會到這座塔頂看日落，那裡看夕陽的角度，我最為欣賞。」

中午時分，烈日當空，唐尼仍不厭其煩地帶著莫煩凡，到周圍附近的佛塔參觀，有些內面是空盪盪的，有些卻四方八面都供奉著神像，而部分神像更是驚人的巨大。每座塔都有編號，是最早期，由意大利及法國的考古學家與緬甸的歷史專家所編製。唐尼樂此不疲，津津樂道的每到一個新景點，便興奮雀躍地向莫煩凡「推介」。

他們由乾涸的河道，走出了柏油路，刺眼的光令他們不敢直視。兩人都把上身的袈裟騰出一部分，保護著被日曬的頭頂。烈日在長長的柏油路上，照出了一道白色耀眼的反光，像一條巨大的白蛇宛延起伏的邁向平原遠方。

牛車、頭頂貨物的婦人、自行車……統統在白光下變成黑影，一排排的在路中移上移落。唐尼不顧灼熱的陽光，站在路邊看著這出神入化的「光帶」，他更形容自己正欣賞一齣活生生的印尼皮影戲。這幅活動的畫，實在令唐尼太著迷了，他的雙腳，被燙熱的柏油路面蒸得不停地相互摩擦著腳背。莫煩凡因今早的球賽腳傷，一早套上了人字拖，他見唐尼「原地跳舞」，於是把自己腳下的一對鞋，放在唐尼腳邊，唐尼即時搖頭拒絕了。一輛卡車駛過，塵埃撲鼻，煩凡把頭上的袈裟拉下來，掩著鼻子。透過黃色的棉布，煩凡彷彿看到搖著身體的唐尼，已變成昔日玻璃糖紙下的尼尼，擺動上身，努力地彈琴。

這天他們提早回寺院休息，因為半夜裡，兩人便要出發到較遠的高塔看日出。

寺院早課前，兩個凍得瑟縮的和尚，帶備在路途中食用的乾糧，溜出廟宇，走到荒野上。

雖然雨季將近，但目前仍是沙丘處處，河堤乾涸；是夜沒有月光，但滿天低低的繁星，密集的罩盡地平線。那柔和的銀光，令起伏的沙丘，變成一幅幅杏色的天鵝絨；周邊被風吹到只懂朝著一個方向彎身的蘆葦，像一條巨大的羊毛圍巾，貼伏地掛在河堤。

今夜流星特別多，速度也很快，莫煩凡趁中途小休時，挨在蘆葦上看得入神。突然一束光芒較強的流星劃破天空。

「快快許願吧。」唐尼大聲疾呼。莫煩凡立刻把雙手合在一起，放到前胸，抬頭望著那高速的流星，滑向唐尼那方的天際。唐尼朝著流星極速奔向沙丘，伸手到流星消失在天邊的一點，手舞足蹈的嚷著：「哈哈，我接到了你許願的流星，我知道了你內心的祕密，哈哈……」

莫煩凡二話不說，追了上沙丘，把唐尼撞跌，提著他的手，口中狂叫：「還給我，還給我。你不可能知道我的願望，更不可能了解我心中的祕密。」兩個大男人，摟作一團，從沙丘滾落河床。

兩人仰睡著，望著星空。沉默的河床，間中只有蘆葦與晚風的嘯嘯對話。唐尼側面望向莫煩凡，自言自語的他，低聲慢道：「但願……我是晚風，可以隨意走入……你的蘆葦叢。」對方依然沉默一直沒有反應。他那水汪汪的眼睛，仍然被漫天星光吸引著，沒有理會那句「晚風」送來的獨白。突然，莫煩凡側身背向唐尼。不久，莫煩凡起身，提著布袋走了。

高塔的金頂，在一粒黃光燈泡通宵照亮下，遠望已能看到那片金光閃閃的三角形。塔下四周，卻仍然是漆黑一片，只有星光引路。兩人太早到達目的地，周圍靜悄悄，觀看日出的時間也許尚早，遊人杳然，更顯得古塔的荒涼。

他們沿著塔邊外圍斜斜的石級爬上去，到了第一個平台，莫煩凡示意再繼續爬高一個看台。唐尼尾隨他的腳步，這道石級比下層的更加傾斜，兩人需要扶著旁邊的鋼管扶手。可能莫煩凡有點腳傷，加上梯級高，而梯面窄，他看來有點吃力，幾次提腳時，腳跟也差不多碰到唐尼的鼻尖。他在情急下，小腿碰到了級邊，他哼了一聲，痛得停了下來。鮮血在漆黑中，清晰地染在袈裟上。

過了一陣子，唐尼見莫煩凡動也不動，受傷的小腿令他僵住了。唐尼側首仰望，知道只要再上多兩級，便會到達另一道觀景台，於是，他示意莫熕凡再慢慢爬上去。提腿也感覺吃力的莫熕凡，到了平台的時候，血已流到腳跟，他按捺不住，坐到石級頂的平台邊；唐尼仍留在石級上，見莫熕凡坐下了，堵塞著梯口，他微微張口喘氣的臉部，剛巧在那流著血的小腿前；唐尼掀開莫熕凡染血的袈裟，眼見鮮血在黑夜中，墨亮地流出來。他只向上望了莫熕凡一眼，小腿便已擁入他的懷中，雙唇已合在傷口上；他替傷口啜了兩口血，然後，毫無動靜地抱緊著小腿，嘴巴仍在傷口上。

熨熱的舌底，和暖了冰冷的傷口。莫熕凡舉頭望向遠方夜空，期待著一個永無曙光的黎明，情不自禁的手，輕撫了唐尼磨砂般的腦袋。他蓋上眼睛，在漆黑中，感受唐尼澎湃的心跳，按摩著自己麻木的小腿。在冷空氣裡，感受唐尼從鼻孔力喘而噴出的熱氣，有節奏地沿小腿而下，消散在腳背上。

灰藍的朝霞在高塔上飄過，天上開始淡吐微白。莫熕凡見唐尼嘴角有點血跡，他用袈裟以指尖慢慢替他清理。

「我替你塗上唇膏，現在你可以登台了。」

唐尼立刻爬上剩餘的兩級，張開雙臂，以豪邁的聲音，誇張地唱起意大利歌劇。

唱了幾句，他以手輕按小腹，像個紳士般，向台下左右敬禮，還鼓掌笑著自嘲：「Bravo，Bravo……」莫煩凡一拐一拐的走到身邊，以手隨意束起染血的部分袈裟，扮作獻花。一時間，兩人的笑聲，已傳遍塔下每個角落，回音飄渺在縷縷朝霞間，過百成千的塔尖伸首在萬里天際，有如台下觀眾。

唐尼意猶未盡，拿出了牧童笛，遞給莫煩凡，對方微笑地搖了頭，唐尼又立刻吹出了一段拉威爾的玻莉維亞舞曲，弄得莫煩凡拍手不斷叫嚷：「Bravo，Bravo……『海納百川』。」

接近破曉時分，遊人開始登塔了。兩人於是走到有利觀看的向東地位，一起倚在剝落的塔身上，冰冷的晨風從塔身彎角吹過來，莫煩凡挨近了唐尼旁邊。

地上仍然一片濛，時淡時濃的藍，轉眼間又化紫了。凝罩在樹梢頂的濃霧，只有偶然的農家炊煙，才能突破這層封鎖的濃濃煙幕。一絲絲、一縷縷，兩人看得定神。無言間，兩個和尚，看似心神一致；奈何彼此心竅成謎如霧，但求大家能夠變成那縷炊煙，衝破那道被心理障礙封鎖的紗幕。

「啲噠」聲令兩人同時分了神，一對年青的韓國情侶登上塔來，女的穿了時下流行的所謂韓版衣服，「啲噠」怪聲源自她腳下的一對涼鞋，鞋頭上貼著一堆向外兩邊伸展的白色雞毛。她粗魯的步伐，令兩堆大雞毛刺目地繃跳著。

當她經過唐尼面前的時候，唐尼以手指向著自己赤腳的腳背，示意她在塔上不應套上鞋履。唐尼換來的，是這個女人的高傲目光，以及她故意的提腿，還從唐尼腳背跨過，惺忪回望一眼，繞道走過了兩人身處的狹窄平台。

唐尼沒有太大的反應，因為第一道穿透地平線的曙光，已經深深吸引著他。太陽還沒有升上來，天邊仍然泛著一片紅光。遠處一列低低的山巒下，伊洛瓦底江，由南至北，靜靜地伏在薄薄的霞霧下，偶爾那銀白的江面，隨著漸強的曙光，而泛映片片幻化的淡紅。

對岸江邊一處山峰上，明顯地出現了一座佛塔，底部白色基石，清晰可見。唐尼遙指那佛塔金頂，低聲跟莫煩凡耳語：「看著太陽升上來時，第一道光會打在塔頂上，純金的塔尖會發出閃光，到時許的願會很靈驗。」

微風中，莫煩凡把耳朵更加靠近了唐尼的嘴邊，他喜歡在冷空氣中，感受從唐尼冒著蒸氣的嘴巴，斷續沖入耳孔的那股暖流。

莫煩凡極為享受那近乎沖入心底的感覺，他甜絲絲地微笑，向著唐尼說：「今次我會直接出聲告訴你關於我許的願望，免得你又伸手去接那道金光。」他把視線向下望到塔底，繼續說：「我絕不希望你會死在這裡。」

唐尼又掛上他那招牌式的苦笑：「說真的，我將會許的願是與『死』有關乎；你知道我在這裡出世，所以，我真的希望有一天，深愛我的人能夠把我的骨灰，撒在那江面上。」他指著遠方宛延遼闊的伊洛瓦底江。

莫煩凡順著唐尼的指尖，望向前方。淡黃而有點刺眼的黃光中，一個一個橢圓形的黑影，由地平線慢慢上升。

「我曾想過，但自問有點虛榮。」莫煩凡停下來，望了一眼唐尼，繼續他那欲言又止的話：「其實與你差不多，找一個深愛著自己的人，拖著手，到巴黎，登上艾菲爾塔。」

他再度停下來，望著七個浮沉的熱氣球，有的在江面略過，倒影與實物，形成了一個有趣的「8」字，有的在瀰漫著煙霞的塔尖間飄盪。莫煩凡指著一個飄得較近的熱氣球：「上去，與愛人一齊乘上去，是我的最終願望。」

唐尼眨著雙眼搖頭：「我畏高，只試過一次，在澳洲艾斯石，當時怕得要死。在我們出發到緬甸前一天，埃及樂蜀發生了熱氣球爆炸下墜事件，死了很多遊客。」

「我知道，當中有一對羅難的老夫婦。……當時有想過，如果，其中一個是我，見著火的氣球升得這麼快，我可能不會跳下來，會緊抱我老拍檔的身體，緊握著手，面部也緊貼，隨風吹，任火生，這種與深愛的人，接受用火洗禮最終結的一刻……挺浪漫。」莫熕凡臉色沉下來。

「不要說了，還是等一陣朝著光，你許你的願，我許我的。」唐尼設法調較著雙方的情緒。

「我還未說完，請給我一點時間，好嗎？」莫熕凡帶點央求的眼神，令唐尼瞪著他的大眼，點了一下頭。

「說到『愛』，我也弄得糊塗。起初很愛的一個人，隨著大家因生活而漸變的行為，因了解而顯露的性格，以及因相處而過去的時間，『愛』亦起了變化。」莫煩凡又來唏噓：「更可怕的，就是心目中突然出現了一個新的對象。你會恐懼自己不敢再重新去愛，但明顯而不能自制地，內心卻有愛的感覺。那種莫名奇妙的愛，有點可怕：當內心接觸到突遇奇來而又甜絲絲的愛意，原來只是發自對方一個完全不經意的表示，那……簡直係『愛』得認真『要命』。」

遠方塔頂遲來的光，被雲層遮擋了。連番道理下，大家總算許了那事先張揚的願。彼此遲來的心領神會，雙方良知又可否曾被蒙蔽。

莫煩凡離開高塔的時候，突然感覺身心疲倦。可能漏夜趕路未眠、腳傷、甚而懷疑自己的說話詞不達意，令人產生誤解，總而言之，他目前的境況很糟，心力交瘁。

一聲尖叫，一個回頭，打破了一切的緘默。幾隻大雄雞，拖著黑色高撓的長尾，被兩個小孩力追趕著，沿途還有幾片「似曾相識」的白色雞毛遺落在路中。在彎角處，韓國女子正與另一隻更大的公雞掙扎著。公雞看來寧死也要「占據」「母雞涼鞋」似的，交配旺季了，眼前的景象看得唐尼在路邊「咯咯」大笑。

還是一個土著女孩，替韓國女子解了圍。她熟練地把公雞抱入懷中，並與剛才兩個追逐雞隻的男孩，走到旁邊的屋前擺檔。

大哥哥與他的年輕妻子開始擺檔，臉上塗著葉形檀香粉的妻子，正忙碌地推銷汗衣給觀看日出的遊客。汗衣上除了印有著名景點外，熱賣的還有過去一兩年間，訪問英美回國的昂山素姬。

唐尼與莫煩凡正在留意汗衣上昂山圖像之際，耳邊不斷傳來年輕女子推介紀念品，說這是昂山素姬的衣款、那是她最喜歡的顏色，一名女遊客打趣說：「哪種衣扣是她常用的？」素姬氾濫了。

難怪的，唐尼細聲告訴一向不理政治的莫煩凡：「昂山素姬六十七歲了，政府軟禁了她廿多年，在各方面來說，似乎她亦消耗殆盡、無能為力。政府唯有利用她現時在國際上剩餘的一點名氣，向外推銷一下緬甸的資源，希望一方面能夠改善落後了大半個世紀的經濟，另一方面是提高緬甸在國際舞台上的地位。」

「是推銷，跟她一樣？」莫煩凡輕舉他的手指，向著年輕少婦。

「是，她賣汗衣；昂山，推銷血汗。」唐尼延續了莫煩凡的話題。

突然，唐尼拿起了一件手繪風格的汗衣，以他買賣畫作的專業，斷定了作畫人的風格。他立刻從布袋拿出了記事簿後頁的名信片。年輕女子看了，笑著指向旁邊蹲在屋前，正從小妹妹手上接過一隻隻雄雞關進籠裡的背向男人。他聽聞妻子叫喚，立即走到售賣汗衣旁邊的水果檔。

健碩的男人接過了唐尼手上的名信片，笑著說：「是我小時候畫的，在帥古寺附近；爸媽的農田在那裡，我在田裡幫手種水果。」他指著檔口前的生果，笑得更加燦爛：「那時在田邊閒時作畫，賣給遊客，幫補生計。」他又保持笑容地指向後面仍然圍攏雞籠的弟妹。

唐尼微笑著向莫煩凡說：「他們從小到大，雖然生活清苦，但大家都很樂觀；這一點，從他們臉上時常掛著的笑容，就可知道。」

物歸原主，唐尼把名信片發還給他，作為留念。檔主禮貌地給唐尼送上兩個釋迦，唐尼還是付了錢，放下一個，自己提走了另一個。臨走道別時，唐尼瞄了名信片一眼，心內亦難捨地道別了這張身攜十多年，近乎破損發黃的紙張。

唐尼把熟透的釋迦分開，自己拿了一半在樹下與莫煩凡分享。唐尼把色澤鮮黑的種子從口中吐出，不為意間，竟被莫煩凡偷偷地一一拾起，放在掌心。然後，待唐尼不察覺的時候，他把種子小心地放入他的鮮綠色絲質小包內。

這天，寺院還安排了他們兩人到附近的琥珀嶺（Popa），他們更會在那裡的寺廟躭上一兩天。琥珀嶺是在群山包圍的山谷中央，突然冒起的一座筆直山峰，頂部建有一座有金塔的寺廟。寺院的基石有彩條横間，基石正好完整地圍繞了山峰最峭的頂部懸崖一圈。金塔寺院與整座山峰的配合，遠看恰似另一個風格的迪士尼古堡。琥珀嶺歷史悠久，是著名的古代皇室御用寺廟，是歷朝歷代，每個國皇登基必到的祭天之地。

唐尼與莫煩凡在兩旁樹林的山路上漫步，從樹隙間隱約可見琥珀嶺。途中他們遇到汽車拋錨的過客、討吃的天真村童、還有在路邊候車的旅客，大家都各自打成一片。村童手中拿著食物、文具、肥皂、牙刷等，旅客們把身邊可用的日用品、又或者在下一站可以替自己補充的物資，都一一慷慨地送到貧困山中兒童的手上。對遊客而言，好一個既「心釋重負」，又身心痛快的旅程。

在路上，牧羊人在塵土飛揚中，趕緊把山羊群逐入矮樹林。第一場春夏交替的雨，終於豪邁地降落了。唐尼與莫煩凡走向一座紅色的涼亭，一群喧鬧地等候汽車經過時，追逐車尾討吃的小孩，竄奔的由亭內向外四散，各自回家避雨。

涼亭是木製的，紅色油漆大部分已剝落，露出了光滑的木紋。唐尼盤坐木板地，倚在亭柱，呆望亭邊地上被簷水打成的一列泥洞。莫煩凡發悶的望向琥珀嶺，手指像彈古箏般，撥著亭身圍欄上的水珠。

「還會好天嗎？剛才陽光還烈烈的，現在去了哪裡？」莫煩凡有點悶躁。他的視線由琥珀嶺的寺院彩條基石，轉到唐尼臉上：「你猜倘若天色轉晴，天空會否出現彩虹。」

「可能吧，幹甚麼？又想來許多一個願？」唐尼建議著。

「嗯！」莫煩凡用有點像日本片集裡，那種演員慣用的、肯首確認式的回答。

唐尼由地板彈起來，環顧四方後，他選擇了地板上剝落紅漆最少的一片地方，拋下他袋中的孔雀藍詩集，然後，他要求莫煩凡把繡花包拿出來，把紫色綁繩與鮮綠色小包分開。莫煩凡恐怕唐尼看見包內的種子，於是要求私自處理這個行動，並按唐尼的要求把繩子與包包分開，放在詩集兩旁，而唐尼亦迅速在亭外摘下一片沾滿雨水的綠葉，拋在小包旁邊。

唐尼慢條斯理地走向莫煩凡身邊，拖著他的手，走向地板上最紅的一個角落，左顧右盼地回頭對著莫煩凡微笑。雖然沒有朝陽打在酒窩的臉上，但在那瞬間，莫煩凡卻看到了與唐尼第一次外出化緣時，經過溪澗上的石橋那一刻，唐尼在晨光中，向著他微笑的神采。

唐尼風度翩翩，一手依然緊拖著莫煩凡，另一隻手順著彎腰的方向，傾前「介紹」般向地上排成一列的東西一指，傾情地對莫煩凡說：「這裡總共有七種顏色。」說時他還指向莫煩凡與自己身上的袈裟，以及他腳邊一片大紅地板：「是我為你設計的彩虹，滿意嗎？一齊誠心許個願吧。」

莫煩凡若有所思地望著絲質小包，最後，他放下了唐尼的手，把包包拾起，繫上繩帶，放回自己的布袋內。

雨，依然下著。烈日後的雨水，蒸出了一份薄霧般的水氣，順著山風飄渺在樹林間。琥珀嶺不見了，哪來彩虹。

失落

江邊濃濃煙火，直捲雲霄。唐尼與莫煩凡站在寺廟後方，看著一圈一圈的黑煙，斜斜地隨風迅速捲上蔚藍的上空，周圍擴散著難以忍受的燃燒塑膠味；微絲的呼吸、靜止的身體，怕且還可存活在這個空間；如果突然來一次深呼吸，或許窒息了。

人群開始陸續離開現場，大家都表現得很憂傷。一名肥胖的中年女士，由眾多親友圍攏著，淚汗難分的溼臉，漿著溶掉的泥黃色檀香粉。她哀傷而無力地拖行著雙腿，不斷嚎哭，還回頭仰望開始飄散而淡薄的灰煙。旁邊兩位撐扶的女親屬，印在雙顴上的葉狀檀香，亦被沖下來的淚水割破了，已葉不成形。

沿江邊的火葬場，堆滿了燒屍用的廢棄車呔，忤工忙於搬運著。唐尼再度步入另一寺廟的後園，莫煩凡尾隨其後，他倆不停留意左右沿路，滿佈樹林間的粉綠色棺木形墓穴。陽光透過樹林，墓穴被灑上飄忽又斑駁的光點，是一幅活生生的莫奈背境。唐尼駐足了，他回頭指向江邊，另一頭烏煙又再升起：「我要那種方式，不要土葬。」

通過林木間，帥古寺就在前方，天色開始暗下來，觀看日落的時分就到了。林木盡頭，一座大型佛塔聳然而立，塔內供奉著一尊淡黃色巨大盤坐佛像，塔身前後中空，唐尼走到佛像前，莫煩凡一直站在後面，他的光頭僅及蓮座的底部。

唐尼繞過大佛，見莫煩凡凝重地沉思著，心想，可能他目睹剛才火葬的場面，而片刻影響了情緒，於是上前催促他起行趕及看日落。莫煩凡慢慢抬頭望著佛像弧線形凹陷的背脊，神情呆滯地自言自語：

「有些說話，面對佛像，我不敢向你直言；如今站在這裡，又不知從何說起，內心更加沒有這份勇氣。」

唐尼上前把手放在莫煩凡的肩膊，從後繞著他的脖子，幽默而含情脈脈的對著莫煩凡微笑，彼此盡在不言中，而又心領神會地離開了佛塔。

暗暗蔚藍的天底，鋪上片片整齊的魚鱗而乳白了。世事就是這樣，縱使是陰霾繁複，整理後、交待清楚的話，一切都會明白。但世間又有幾多個人，會悟懂如此天色。

原本白色的帥古寺，已變成米米黃黃，加上雨水的侵蝕，塔身的雕花已剝落得七零八落，風化更令整座佛塔的邊緣都發黑了，遠望似是一幅碳筆素描，難怪當年啟發了賣釋迦的男人，畫下了這座佛塔。

這裡雖然是皇家重地，但遊人稀少。唐尼每次來蒲甘，都會躭在這裡看日落。今天只有兩個女遊客，也是韓國人吧，其中一個拖拉著小和尚，強行跟她一起合照，看來不獲小和尚就範，於是兩人拉扯在一起。唐尼一個箭步向女遊客解釋了當地規矩，女性身體不可接觸和尚的時候，她們立刻戴上掩口罩，雞飛狗走的跑了。帥古寺回復昔日的平靜，兩個和尚漫步踏上圍繞著寺身的大平台。

新綠的羅望子園種在大平台的四周，遠看似把帥古寺的下層隱蔽在密林裡。把兵器擱在肩膊上的兩尊坐像，護守著又高又闊的拱形石門，兩個和尚擔天望地的欣賞了一番寺身，慢慢才走入了佛塔。

塔內只有一條狹窄的梯道，陽光從梯邊的拱形大窗，像射燈般投下一道黃光。唐尼朝著光線先讓莫煩凡踏上梯間。腳傷未癒的莫煩凡，小心翼翼地扶著牆壁而舉足，尾隨的唐尼貼得很近。拐彎前，陽光投下了兩個和尚的黑影在地上，後影雙手緊扶著往上先行在上的臀部。

到了觀景台，陽光依然刺眼，魚鱗雲帶排列完整的由密至疏，貫過塔頂，向後伸延，遠方卻烏雲密佈，紫灰一片。又是考人的天色，目前光明耀眼的一刻，限時間，又可會發生不測之風雲。

閃耀的太陽很快變成黃澄澄的橙色蛋黃，瞬間已開始沉入地平線。四周的佛塔變成了幾百個巨大的黑筍，靜候天色的驟變。

失落的太陽，令雲層變得淡紅。兩人又再度陷入無言望天際，魚鱗雲很快變成一瓣一瓣的玫瑰紅。上了妝的光影，令唐尼紅光滿臉，吸引了莫煩凡的目光，唐尼有所感覺，望了凝視他的莫煩凡一眼，頃刻間魚鱗邊淌滿了鮮血。唐尼再把視線深深投入莫煩凡黑淵似的眼穴，良久，忍不住發問：

「甚麼？不高興？」

莫煩凡憂慮地輕咬下脣一角，依然目不轉睛地看著唐尼。

「太太。」莫煩凡停下來，似是屏息靜氣中難掩心跳的加速：「你從來沒有提及你的太太，今晚，在這裡，可以提提嗎？」

莫煩凡看到唐尼頭上背景的上空，發紫了。唐尼轉身面向開始灰濛的地平線，深深吸了一口氣，似是要重新整理腦中說話的層次。

「白素素，是我的太太。聽過她的名字嗎？做京劇的，頗有名氣，特別是在北京與上海。我們結了婚廿多年，沒有孩子，她不喜歡小朋友，我倒喜歡。她在越南出生，在香港長大，之後到了日本，我在那裡遇到她。」

唐尼在腦中盤算，蒐集要說的資料：「她媽媽是越南華僑，爸爸是法國人，她從小就學跳芭蕾舞。跟我在一起的時候，已是一個成功的芭蕾舞老師，不過，一直厭倦教學生涯。我不知道，她是否了解我。她比較少說話，我只知道……」唐尼似是開了句頭，但又不想完成句子。

「事到如今，此刻，我仍然愛她、惦念她。過去，我曾經千方百計的去表達我對她的愛意，從各方面、各出發點……不過，真的，不知道她在想甚麼。可能，我們決定在一起的日子，來得太倉猝吧。一直以來，我只知道凡事要尊重她。最了解的，莫如是她對京劇的熱愛。她陶醉於京劇的每一個細節，但我無法與她分享。提到京劇，她會進入了另一個世界。」

「現在她人呢？」莫煩凡提到最想知道的重點。

「我們每年都會到泰國的鄭皇廟求簽，這是素素媽媽的習慣，我們一直都有循例。兩年前，我們又到鄭皇廟上香，素素一向都是供奉一枝香，我本人對這習俗沒有研究。那日，她如過往般遞給我一枝燒香，旁邊的一位泰國女士告訴她，供佛需要三枝香，先人才會接受一枝香。結果，她沒有理會，我了解素素的倔強個性，我亦不在乎、不介意一枝或三枝燒香，我只跟著她去做。那天，她拾起了地上的簽，我看著她慢慢地檢查了簽頭幾次，她求了白簽。那年，她離開了我，不辭而別，我完全想不到任何法子。後來，從新聞紙上，看見她，知道人在大陸。」

「你會找她嗎？」

「看緣分……兩年了……」唐尼設法，希望自己能夠用一句說話，去終止這個不快樂的話題：「我從來沒有向第三者，透露我和素素目前的關係，你問到，我才說。」

「為甚麼？」莫煩凡第四次單刀短句直問。

「因為我仍然愛她。剛才我已經答過了，請你不要再問。」急速的語氣，唐尼從來未曾這樣對莫煩凡說話：「對不起。」

他行開了，站到平台的一角，仰首望著變成黑影的高聳佛塔，塔身中間那互相倒轉的並蒂蓮塔型，在烏雲背景下，線條依然清晰，但塔尖上，垂吊的金色菩提樹葉形鐘片，卻被強風吹得聲嘶力竭。

剩餘一點夕光的地平線，亦被烏雲覆蓋了。強風帶著雨點，像刺繡般點滴地加深了袈裟上的「波點」顏色，兩個和尚衝入室內。帥古寺面臨風化的洗禮。

洞穴似的帥古寺，裡面漆黑一片。外面狂風暴雨，雷電交加。高大魁梧的羅望樹，被風雨拼命騎著，喘不過氣地發出呻吟般的呼嚎。陽台被一波又一波的雨水沖擊，像高高的潮水般，從窗口決堤噴出，一瀉而像瀑巾般流落梯間。

風雨過後，冷空氣凝聚在每一個空間。兩個和尚蜷縮在一角。唐尼酣睡在夢鄉中，側身的一隻手，橫抱在莫煩凡的腰腹上。

夜空開始淡薄的雲層，逐漸撥開了繁星的面紗。莫煩凡一直張眼望著梯間的大窗，瞬間已是無雲的太空，令星光更加下墜。一橙一紅的袈裟，雖然糾纏在暗角，也難逃星光的辨認。一對愈來愈閃亮的眼睛，化作兩行流星雨，慢慢地流瀉。

黎明時分，天邊尚未泛出魚肚白，雀鳥已盤踞羅望樹。唐尼睡眼惺忪，他上下蠕動的手，告訴他身邊的人已起了身。他再度進入昏迷。晨曦不久又把塔尖上的鐘片聲，「叮叮」的送入他的耳中，他的手又軟弱無力地前後撥掃。突然，他停下手，同步睜大了他的眼，一個握在手中的環形金屬圈，令他奔出了寺外。他張開雙腿，失落地環望四周平台，再仰望塔上的觀景台，又狂奔入寺，一口氣跑上梯間，周圍依然無人。他呆滯地步入剛才睡過的位置，腳板是暖暖的，他張開手，望著手上的銀腳環。

唐尼回到寺院，發現莫煩凡沒有回來。之後，他白等了一個星期。極度憂慮而擔心的他，還了俗，換上當地傳統的格仔條子沙龍，放下牧童笛與銀腳環，囑咐主持若然見到莫煩凡，把這些東西還給他。然後，他一個人，沿著鐵路線，出發去找他要的人。

唐尼以玉珀蕩（Kyaukpandaung）為基地，他租了一部電單車，地毯式地走到附近所有寺廟。最後，他到了琥珀嶺，還是沒有莫煩凡的下落。

當唐尼到了玉珀盪找尋莫熕凡之際，憔悴的莫熕凡已偷偷回到蒲甘的寺院。他拿了笛子與銀腳環，跑過一列雞蛋花樹旁，穿過大紅窗下面，直達後園的大井。

他把笛子放入布袋中，又從袋中拿出鮮綠色的繡花包，走到井旁牆邊較溼潤的地方，拿樹枝挖了一個洞，然後把小包內的釋迦種子倒入土中。

莫熕凡望著手上的銀腳環，在陽光下，它閃著銀光。他的拇指在如意銀片上慢慢流動，像盲人點字般，在「莫．熕」兩字表面上，前前後後的按摸。然後，他把銀環貼在自己的面頰上，雙眼閉上的一刻，淚水已經流下。蹲在地上飲泣的男人，顫抖的嘴唇，加速了下巴的淚滴。泥洞中的種子，鮮黑色的光澤，更加明亮。

「媽！」上脣的淚水，隨著一聲急短的低喊而濺出了一點淚花。銀環從面頰上徐徐放下，回到多年來一直盛載它的繡花包中。當紫色繩索拉緊的一刻，絲絹由內開始慢慢滲溼。

莫熕凡把露出泥土的丁點紫色繩索，用厚厚的泥層蓋上了。他從後面的井旁，拿起一朵雞蛋花，插在埋了種子與包包的泥上。他起來往井中一望，裡面有幾條塘虱在暢泳。莫煩凡離開井邊，回頭望了一眼地上的雞蛋花，心中惦念著井邊吃西瓜的日子。

找遍整個附近地域的大小寺廟、村鎮，亦未能如願的唐尼，再次回到蒲甘的寺院。他從主持口中，得悉莫煩凡曾經回寺取走了物件，但從出家人的口中，只露微笑，並無透露半點迷失者行蹤的蛛絲馬跡。唐尼心想在短期內，無望走遍緬甸境內，成千上萬的寺院，去尋覓心繫的人；況且，既然莫煩凡曾經回寺取物，可能如今人已回到澳門，於是唐尼決定先行離開緬甸，再作打算。

唐尼離開寺院到機場前一刻，天又灑下雨來。他穿過雞蛋花樹，回望那棕紅色的一列窗口，心中渴望著，其中一扇窗框，可能出現一個凝望雨景的畫中人。

回到香港，唐尼立即過了澳門，用他手上僅有的資料去找尋莫煩凡，可惜對方一直音訊全無。

唐尼面對電視機，呆坐在家中。梵蒂岡的聖斯汀小堂在畫面中，煙囪冒出了白煙。新教宗方濟站在聖伯多祿露台前，第一次向信徒祝福：「我們要祈禱，凡事祈禱，就是代表關心、惦念。」唐尼腦海裡，即時出現了莫煩凡在計程車上，回頭面對他的一刻：

「我好掛住你。」

唐尼意圖抹掉腦中片段，他按了遙控，戲劇台播著一個男人，情深款款地對他的愛人說：「我的年紀漸大，生活……也很倦了；我不想再花時間，去愛另一個人。現在，我只求你，請你保留那份……我對你的真摯感情。」

電視機再沒有畫面，唐尼緩慢地步入睡房，把門關上。

命貢現身

伊洛瓦底江，緬人自古依附而生的命脈。黃昏前的下午，陽光仍舊猛烈，經過一日曝曬的混濁河水，強光下，泥黃得有點發紅，暖洋洋的一股熱流，連綿地在命脈裡奔流，泥岸一帶，村民如常忙著活兒。

一個前額束有一叢短髮的男孩，跑離河邊小坡，手中搖著一袋剛挖回來的沙蜆，穿插丘坡樹下席地休憩的牛群。一邊跑，一邊隨手撕下路旁芒樹的嫩葉，愈跑愈快的步伐，如旗飄的不稱身破舊汗衣，領口亦已歪落，露出了一邊的肩膊，下身過大的成人沙龍，卻方便了赤足奔跑的闊步。手上淡紅泛光的樹葉，在陽光下，成為一束閃動的焦點，光束似箭般直竄入河岸邊，一所安老院的低矮圍牆。

「又是芒果葉，明天可要摘點大樹菠蘿的，芒葉已啃了幾餐，有點厭哪。」一束著灰白稀疏後髻的瘦削老婆婆，一臉囉唆的，向著把小蜆倒入井邊竹製筲箕的男孩埋怨著，一手把井水洒在嫩葉上，水束沿著長長的樹葉，打在沙蜆上，泄出水花，令男孩那雙滿布乾塵涸垢的腳背，瞬現大小不一的波點，灰灰啡啡地化開。

「前陣子不停下雨嘛，新葉都長到樹底下，那麼容易摘，就來這個方便……」一口淘氣的男孩，拿起泥地上的筲箕左右搖在手裡，等待老婆婆再次澆水在蜆子上。

「吃厭了滾湯，芒葉切絲做沙律的一道菜，我也喜歡，記緊放多一點乾蝦米。」建議後有所要求的小孩，把沙蜆倒入沸水中，隨手扔下竹筲箕，跑開了，留下小窩內沸水中吱吱作響的生物，以及婆婆快手洒下的五指鹽巴。

「快回來吃飯啊，小酒窩……要不然，其他孩子會把它吃光。」婆婆開始把枝葉頂的最嫩芒芽，採折入窩中，蒸氣讓她一雙因白內瘴而弄得灰濛的黑眼珠，頻頻眨動。

這個獨居一室的婆婆，占用了安老院最靠岸的木建平房一部分。不知從哪時開始，要討吃的孩子，只要往她那裡跑，半飽是沒有擔憂。老人家人生歷廣，滿口囉唆總是道理，出入她家門的小孩子，日久沒有一個白吃，沙蜆與芒葉就是一個例子。

束髮男孩背著海岸線，跑出了安老院。圍著院舍的矮牆前，一輛雙牛拖拉的木輪牛車正在卸貨，小酒窩輕拍了其中一頭的牛背，趁路面沒有車輛，連跑帶跳地走到馬路對面的和尚寺，打算在那裡會合正在踢毽的同學。

寺院依山而建，近馬路一方是辦學的平房與操場，山腰是寺院，山頂是佛堂，三個領域，都以山路形式的花園及原生樹林所隔，各不相擾。

膚色極度黝黑的小酒窩，相信是沿岸一帶的緬甸人與巴基斯坦人所遺棄的孩子，無人知道他從哪裡來，只知道這個約五、六歲的孩子，一直在寺院與安老院之間進出，似乎衣、食、住及教育，都是由這裡提供，自然地，他的生活圈子，便由這兩點連繫地建立起來，每日，小孩子就流連在這一帶。他，年紀輕輕，人緣甚廣，正因如此，每時每刻，他總是忙東忙西，來這往那。此刻，他正打算到操場，會合同道友好。經常曠課的小酒窩，剛巧面迎幾個老師步出校門，別無選擇的他，只有背向而跑，躲到一座鐘樓的石柱後。一隻蛋白的眼球，及半排雪白的牙齒，就這樣在柱底邊，時現時沒，時升時降。

聽安老院的婆婆說，在她年輕時，大銅鐘一直似是半棄置地擱在村前路邊，相信當時，不知多少人會曉得這個大鐘是世界第二大的，直至三十多年前，地方政府才把它懸掛起來，因為遠在俄國莫斯科的一口大鐘，雖然是世界最大，可惜鐘身並不完整而留有缺口，地方官為了日後的旅遊效益，以及歷史文物的保育，才把大鐘護上鐘樓。小酒窩一時被鐘身上的刻紋所吸引，暫時分了心，更忘記了自己的「逃難」行蹤。他正疑惑著：究竟誰是鑄鐘者，哪裡又才是真真正正原本計劃去懸掛這口笨鐘之處。

突然，一群外來和尚，由後山本地寺廟的一個年輕和尚帶領下，步入四面通風的鐘樓參觀，小酒窩跑到眾和尚的後面。年輕和尚開始引述大鐘的歷史，小酒窩很想知道自己剛才對大鐘潛伏的疑惑，於是設法從後找尋一處可以看見講解員的空隙，可惜和尚眾多，連大鐘也不見了。

在人群背後左右走動的小酒窩，突然被一隻冰冷的手，按在自己露出了汗衣的肩膊上，一位年長瘦削的和尚，側身讓位把小酒窩推向自己前方。和尚們都手執一本記事簿，把旁述忙碌地一一摘記下來。小酒窩抬頭窺探讓位給自己的和尚，可惜他的面部一直被他速記的大簿遮擋著。不過，持續的回望，終於引發了速寫者的注意，他暫時把鉛筆滾到持簿的拇指下按著，另一手往身邊的黃色布袋一伸，拿出了一本簇新的細小記事簿，連同一枝原子筆，交到小酒窩的手上。和尚一連串快捷而單憑感覺判斷的下意識舉動，令小酒窩一直只能「困在」和尚手托的大本記事簿下，由始至終，仍然無法一睹施贈者的盧山面目。

小孩子一般天生貪婪，不用付出而有便宜得著，今趟更是一收兩件，當然會一時喜極而忘本，「回望」欠奉之餘，只顧偷笑地在拍紙簿上塗鴉，一個左右弧線不對稱的大鐘，立刻呈現在細小而汙漬斑斑的手下。

眾和尚跟著講解者完事而隨之散去，持大簿的和尚合上筆記時，簿底下，霎時出現了一對迷人的黑酒窩，上方掛著一雙討人喜愛而會笑的大白眼，一張沒有預期，而富有童真的面孔，登時如浮出水面般，立現在和尚凝視的雙眼下，出家人眠嘴一笑而悠然步開，彼此眼神的交流，就如此止於這收放自如的一笑。

翌日，早上一場暴雨後，中午突然炙日當空，熟識環境的小酒窩，知道這是一個在泥灘活捉小生物而絕不能錯過的好時機，他正忙於把岸邊長滿青苔的石塊揭起，細心視察，企圖找出藏身石下的蟛蜞。這時，一個小和尚在岸邊一棵大樹下向他疾聲呼叫：

「喂，大塔來了很多遊客，有生意啊！」

小酒窩往遠處遊客登岸的地方一望，知道所傳屬實非虛，於是遙指小和尚身後的一團灰白大圓石回應：

「在大獅子等我。」話未說完，已提起手中一網小獵物，往安老院狂奔，半路上，他突然煞停飛奔的腳步，回頭彎腰往泥地上尋察，視線由腳前開始，隨踱步向剛才跑過的腳印望去，終於在距離十步之處有所發現，面露笑容的孩子，趕快回步在剛才跑過而儲滿了水的跟印上。見到失物，他引頸瞪眼地作了一次深呼吸，隨即拾起了一枝沾著泥漿的原子筆，然後，把它牢牢地掛在闊大的領口正中，回身起步再跑的一刻，一隻緊緊護貼胸口的手，令上身左右搖擺而減低了原先的跑速。

放低一網袋蟛蜞，拋下了一紮淡綠大樹菠蘿葉，小酒窩巡視平房的前後四周，也找不到婆婆。他在院子拾起了一串從風雨中擺脫了忘憂樹的淡黃雨蘭，輕輕地把它握在手心，然後就往院舍門口一道矮牆跑去，在途中，還不斷回望河岸邊婆婆的平房。每看一眼，內心就有一種難捨的不安，這種感覺，似曾相識，是在淡忘記憶中，不願想起的一種奇怪感受。絢爛的陽光，透過樹影，木房子滲著一股平靜的清涼，安撫了小個子內心一時之忐忑。只有，井邊網袋裡的蟛蜞，豎眼掙扎著，任從大樹菠蘿枝折口，淌下滴滴奶白色的乳膠漿。

伏在江邊的大獅子，原本是一對護守大塔的門神。婆婆口中的傳說，河怪最喜歡捉拿不誠實的小孩子。有一次，兩頭大獅為了保護一群在河邊的孩童，前半身竟被河怪吃了，孩子們攀在獅身後的大尾巴而逃過了劫數，可憐大獅卻只剩下一雙後腿與尾巴。屈膝坐地的後腿，高約三層樓，加上後半身，遠看分隔而伏的兩獅，就變成兩團灰白的圓石球停滾在岸上，差點便翻落江邊泥坡似的。

就這樣，傳說中救了孩子生命的尾巴，就成為小酒窩的神仙棒，甚至是護身的吉祥物；當他第一次指觸尾尖的時候，他是何等興奮。如是者，日後事無大小，若然有約在身的小酒窩，總以獅尾作為會合點，心理上，一觸尾巴，他就會感到出師有利，萬事順意。

「心交」小和尚在獅尾旁苦候著小酒窩，一邊前臂懸套著一些咖啡色種子穿製的頸鍊，另一邊是祭神用的新鮮茉莉串，手中拿著名信片、檀香扇、印度香……一系列的遊客紀念品與手信。小和尚見小酒窩跑到跟前，正想把貨分半的當兒，小酒窩慢條斯理的把掌心的雨蘭夾在耳旁，這是他的「吸睛道具」，若然遊客對他的貨品沒有興趣，他會擠出甜美笑容，以搏取與對方合照而收取「酬勞」作幫補。「行走江湖」的他，與同班同學小和尚，正面迎一個步上石獅台階的大男人，他是兩獅間一排售賣雜攤的老闆，見兩名「員工」即將開工，於是為「點貨」而來。

他倆販售的「市場」，是巍立江邊的大塔——魄凱蕩寺（Pa Hto Taw Gyi），也就是命貢（Min Kun）的著名地標。一七九〇年，承建的人打算蓋成世界上最高至大的佛塔，可惜建塔未達三分一高，皇朝中倡建者相繼滅亡而停工。一八三八年，命貢發生大地震，護塔的一雙巨獸，上半身粉碎入江中，只殘留尾巴及後半部在江邊，而魄凱蕩寺亦倒塌成為今日的遺址——一座只可憑意想像，幾許浩蕩、巍峨的金頂大塔，而現實裡卻剩餘一方碩大無比的平頂地基。

小酒窩與拍檔朝大塔的方向走去。碧空無雲的藍天下，被雨水洗刷乾淨的紅磚大塔，雄偉地聳立在小丘上。塔邊地台上，綠草如茵，四面環抱著這堆平頂的頹垣敗瓦，有如一頂巨大紅絨皇冠周邊，嵌上了綠油油的翡翠一樣。

一排螞蟻似的遊人，正朝地台上正中一個白色寺門輪候入塔，遊人身邊，滿是推銷紀念品的婦女與小童，只有前排一行黃衣人，周邊卻「旁若無人」，冷得清靜。

「曾否聽人家說，以前遊客可自由爬上塔頂呢。」小酒窩指著白門上一道明顯的大裂痕，引述而又要查證似地發問。

「有啊！人家還說，如果女人偷偷爬上塔頂，怪風就會把她吸入夾縫中。」小和尚認真地說著，雙眼卻定睛在對方領口上掛著的原子筆。「聽婆婆說，塔內原本供奉著一尊白玉大佛，額頭正中鑲有全國最大顆紅寶石，大塔倒下時，佛像被埋了。」小酒窩望著身邊專注聆聽的好友，繼而加強語氣說：「有一次，想盜取寶石的人，沿大裂縫由塔頂爬入寺中，突然夾縫合上了……」細說故事的人，這時，被唯一聽眾面露的驚愕神情，而嚇得目瞪口呆。

「後來，後來……怎樣……？」追問結局的人，自找答案地說：「夾縫再次打開了？」合開的手勢，令前臂懸垂的豆豆頸鍊與茉莉花串，都糾纏在一起。自揭謎底，一時的衝動，卻招來手中的忙點。

「這個……這個我不知道。還是快去賣東西吧。」小酒窩留下一堆疑團在台階下，獨自跑上了大塔的廣闊地台，朝前排的遊客走去；原本輪候在前的黃衣人中，最後一個穿袈裟的和尚，正步入白色的寺門。

苦未「發單」的小酒窩，守候在寺外，不停向著進出佛寺的遊客推銷茉莉花與印度香；左右不逢緣地走動在台階下的小拍檔，一雙赤腳為了避開曬得熨熱的台階，唯有緊步在泥地上的遊客，貼身隨後於目標而推銷。

入寺參拜的一眾和尚，開始陸續離開了大塔。販賣紀念品的人從來都不會向和尚兜售，於是小酒窩唯有靜候門外，等候第二批客人。當面前幾個和尚散去後，小酒窩發現一個瘦削的和尚，一手倚著門邊，另一手以袈裟遮擋門外的陽光，可能他在大塔的廟內停留過久，一時未能適應外面的強烈光線。袈裟揭開瞇眼的面目，但很快和尚又垂下頭，小心而緩慢地提腿越過門檻，可能蹲在佛前一段時間，怕且雙腿有點痲痺而失控吧，和尚提腿越門檻之際，差點站不穩，旁邊一個年青和尚，立即從旁扶著，小酒窩反應也很敏捷，他亦同時趨步向前拖著和尚的手，其實，小酒窩在和尚放下遮擋雙眼免被陽光直射的手時，立刻就認出他是昨天贈筆的那個年長和尚。此刻兩手相觸的一剎那，穿懸在幼細前臂的幾串白茉莉，順勢滑落兩人相接的手上。小酒窩見老和尚站穩了，立刻出手整理花串，當最後一串茉莉花，被提起而再度穿回小手之際，亦是兩人分手的時候，小酒窩迅速把花串穿到和尚的手腕上。老和尚似乎知道小孩子的心意，不是向和尚兜售，而是「借花敬佛」，於是拒絕了。小朋友面露笑容地一指自己胸前掛著的原子筆，老人家即時睜開眯眼點頭微笑，他把手輕輕放在小孩子前額，略為祝福，便把手中茉莉花，交到旁邊仍然攙扶著自己的年青和尚手裡，並提手向寺內示意一揚，年青人便把花串向廟內敬佛而去。老和尚把手指往鼻下一嗦餘香，再度向小酒窩微笑答謝，小傢伙認真知情識趣，耳邊雨蘭又早已往對方手中送，和尚見花略為一愣，亦接受了，然後目無表情地，獨自慢慢步下台階，小酒窩不經意地尾隨著。

地台下的小拍檔，赤裸的小腳正追逐著一位金髮的西方女遊客，強售他的印度香。一個肥胖洋人，也是金髮的，站在台階上，不耐煩地搖頭，相信是女遊人的同行伴侶。他見小和尚竭而不捨地向自己的同伴追售著，一時怒不可歇地衝下台階，恨恨地搶去了小手上的印度香，拋在地上，皓熱的空氣，一時冰封凝著了。

一輪辱罵，小和尚呆口望著怒氣沖沖的洋胖子，滿肚委屈的神情，有如一個被冤受懲的學生。洋伴侶攜手登上台階而往廟內去了，留下撒滿小和尚腳邊的一地馨香。

這一切，都被老和尚與尾隨的小酒窩看在眼內，當生氣的人跑了，老和尚隨即俯首彎腰收拾泥地上的檀香，小酒窩亦同時加入了清理的現場。

說也奇怪，真的是天有不測之風雲，剛才一輪「混戰」期間，天色突然驟變昏暗，並且一時風起雲湧，未幾，三人已被捲入風沙中撿拾檀香，老人家突然停了下來，漫天塵土夾雜咳嗽聲，大小袈裟，更迎風展揚。

年青的和尚見天色不對，回來再度摻扶老和尚。長者恐怕擾人吧，撫胸的手，放在年青人的肩膊上，打發他先行，年青人向前遙指岸邊正排隊落船的和尚，長者點頭且開始舉步，斷續的咳聲，還是把身邊的年青人留下來，兩襲黃衣，揚然下坡。

肯定來近的這場不是一陣普通雨，當地人更是心知肚明，瞭如指掌；隨風帶來的氣息，迫使售貨的人，開始狗走雞飛，先前遊人如鯽的大塔，瞬即陷入烏雲中，塔色頓顯啡暗。

大獅身後，揚出了一片小袈裟，小酒窩忙著套上好友的袈裟，並把剛才推銷後換來的些微佣金，捲在腰間袈裟上。小朋友各自對換了衣服，趕緊離開獅尾前，小酒窩才發現原子筆仍掛在對方的領口上，他伸手打算取回，雙眼又在盤算下，回落到好友的臉上，他觸摸了一下筆身，然後帶點豪氣地輕推了對方的胸口：

「送你的！」說著還從腰間抽出一張殘舊紙幣，把它擠成一個小球，塞到對方手心：「回去告訴婆婆，我不回去了。」一陣強風刮過獅尾，貼服的尾端鬃毛，並無分離獅身；一陣暴雨前醞釀的沉寂，卻把兩個擁抱的孩子分開。

雨，終於來了，凌厲且急，毫不留情。小酒窩冒雨瘋狂地跑落泥坡，奔向一艘寺院老早為和尚安排的專船。「咔咔」的啟航摩托聲中，一個全身溼透的小和尚，彈跳入船艙。泥路上，一行深陷溼土的小腳印，儲滿了雨水。

龐然的命貢大塔，被世代風雨鞭撻的一堆紅磚；在大木船被撐離泥岸的一刻，鐮刀雨下，她又再度被遺棄。披黑的塔身，滾下似瀑的雨，牆如淚人。

她，雖是一堆濃罩傳聞的紅土，身邊卻有一對不離不棄、忠心守護的半身巨獅，還有那口本來掛在自己身上的大鐘，甚而，她一直啟發著安老院的婆婆，細訴著一生也說不完的故事……這些點滴，曾經挽留了一個流浪的小孩，在一段短短的歲月裡，駐足下來，去追求、探索，她那美麗的奧妙。那些數之不盡、訴之不完的神話，現在又啟蒙了這幼嫩的生命，再度去展開新一頁的飄泊旅程。

過去，他曾經為傳說而留下回憶的日子；

如今，他將會為創造自身的傳奇而離開，

去尋找那遙遠夢想的未知歲月。

蒲甘夕戀

奇遇玻璃宮

差不多十年了，他一直沒有離開緬甸，並得到高僧指引，一直靜修在薩間（Sagaing）。多年來，他嘗試新的生活方式，接受新的文化，鑽研古經更是近兩三年的事。他深居薩間山，坐擁整座蓊鬱的山頭，掛單滿山的修道院。這塊如仙境的地方，位處由北南下的伊洛瓦底江，在緬甸大陸架上，唯獨一處江身向西轉的一個大急彎。自古以來，各朝帝皇都來薩間山祭天，一向被譽為是神山；滿布白尖塔的山嶺，更被視為最能接近神靈之地。

經過連日來，在命貢的奔波外遊考察，舟車勞頓以致體力不支的老和尚，正於萬佛寺內，進行冥想、打座等等，藉禪修調理體力。過去，他鮮有出門，最遠的幾次，都是被邀去了對岸附近的曼德勒（Mandalay），一個揚名四海的緬甸古都。所以，今次再往北走的命貢之行，可算是他這幾年來，出門最遠掛單的地方。

提起曼德勒，除了瀰漫故國舊都的風采情懷外，也是以佛門林立而聞名於世。最初，他曾用上一段頗長的時間，在孤芳讀（Kuthodaw Pagado）探索佛經。這座位於護城河東北面的廟宇，方形內園，範圍廣闊。主殿大塔周邊，建有七百多座、排列整齊、一式一樣的白塔。每座獨立的塔內，豎立了一塊刻有梵文古經的大理石，是昔日高僧用來教導皇室下一代的「圖書館」，現在，卻變成很多僧侶用來整理與研究佛經的「戶外學堂」。

他每次獨自進入這堆高尖白塔時，都要緊記塔身的編號，以防摸不著門路，因為那倒模一樣的下亭上塔，如出一轍地排列得密密麻麻，一行行插針式的建築群，白茫茫塑上清一色的雪白塔身，人只要步入其間，如同自困迷宮，肯定一時找不到出路。

過幾天，他又要離開這座神明聚居之地，到曼德勒去，今趟他再不會走入這堆塑上白色的磚砌迷宮內。過去多年，其實他都會定期摸上曼德勒山去，那裡，一分「興趣優差」正等候著他。

曼德勒山（Mandalay Hill），古剎同樣到處鼎立，舊建築的傳統木雕藝術，精粹更見位於巔峰的舒暢神舍（Su Taung Pyi Pagado）。早年，當他仍落腳孤芳讀研讀碑文的時候，每個傍晚，夕陽仍耀眼之際，曼德勒山上就會出現一顆隨著夕陽而變色的光點。夜間，當皎潔無瑕的月色，像射燈一樣，投下銀光時，整座山頭便會立體地倒映在舊城區的護城河上，這刻，山頂就會出現一顆銀光白鑽，隨著河水漣漪而閃閃生輝，耀眼如星。

直至有一天，他被邀上山，變色白鑽之謎，無需探究而破解。位於山上最高頂峰的舒暢神舍，整座寺廟任何角落的外牆，都以切割玻璃圍封裝飾著，皆因如此富有特色的建築，聯想「玻璃廟」之名，自古便盛行坊間，不逕而走。

位處巔峰的廟宇，向西的大平台，自然成為遊人觀賞日落的最佳地點。每次當他掛單後山寺院，日落時分，總會獨坐神舍一角，看那如萬花筒般的變色鏡片，時紅時橙，直至最後一片菱鏡，變成暗紫，他才鳥倦知還。蹣跚拋下腦後的萬花筒，期待那柔和的月色登場，御妝洗盡日間鉛華，讓「鏡廟」呈現那純真的白光。

這座殿堂級的玻璃宮，東西南北四面都有白玉佛像，壯大而高高在上的坐佛，俯視著跪拜在斑斕地氈上的信眾，無論你伏在哪一角落，只要抬頭一望佛祖，祂的焦點都會落在你的身上。雪白的佛身，令口紅與手腳上的珠丹塗甲，更為奪目，正因如此，仰望佛祖當刻，每每令人家散發念母之情，慈愛感受亦應佛相而生。

舒暢神舍外圍，拱門迴廊環繞，四面柱身都鑲有精緻切割圖形的綠底玻璃鏡片，以融會外面山頭的青蒼。泛綠的環柱，加上鏡片反映四周的樹木，山與廟便混然一體。若然漫步迴廊外的闊落平台，山風送爽下，眺望谷底川澗，百寺環山，靜享清幽之餘，那又何來不感舒暢的道理。

以玻璃鏡片堆砌的建築，風吹日曬、遊人觸踏下，難免有傷脆弱之身。一次外訪，老和尚以年幼時的剪紙觸覺，提供了玻璃廟內一幅粉碎外牆的重建草圖，如是者，他就成為日後修補鏡廟的設計顧問，正因與自身「興趣」扯上關係，這份「優差」便使他與玻璃宮立下不解之緣。

正午陽光普照，平台遊客稀疏，皆因鏡廟在烈日下，玻璃的反光，異常刺眼，一般導遊都不會引領遊人在這個時刻到訪。老和尚趁此機會，便與幾個負責修葺的人，到廟內四周牆身勘察。由於緬曆沒有十二生肖，緬人的出生所屬，傳統上一般都以「星期」為依歸，所以廟頂大金塔下，神舍外圍，界分七個角落，每一處都呈三角形，中間供奉了代表星期的神靈，供所屬善信參拜，祈求後，一般善信更會為神像沐浴。這些三角位置的兩面鏡牆，飽嘗風吹雨打，地面更因沐佛而長久潮溼，老和尚都對這幾處特別細心觀察，然後把損毀情況逐一筆記下來。正當他背向神像，在三角尖端位置打量的時候，一把耳熟童聲，吸引他掉頭回望。

小酒窩雖然已把前額的一叢頭髮隨便剪掉，但他那對比五官還要標緻的酒窩，卻出賣了他。從小孩身上披著的潔淨袈裟，老和尚知道他已有「落單」棲身之地。看他把一舀一舀的水，遞給本土遊人沐佛，口甜舌滑的祝福語句，似是由兩邊酒窩擠出來的樣子，和尚肯定這個小孩，又再重操故業，「再作馮婦」。

遊人離開後，和尚主動走向呆站且望著他的小酒窩前面，小孩子的大眼，很快從相認者的臉部，滑落到他手上的原子筆。和尚趨前一步，然後從記事薄中拿出一片壓扁而乾了的棕色菩提葉，彎長的葉尖，與梗的長度成一正比，小酒窩眼見這片如此獨特的樹葉，欣然接過，道謝之餘，和尚已把手上的原子筆，亦一併送到他的小手裡。彼此沒有半句交談的相遇，只有撩亂了兩邊的三角菱鏡，層層疊疊的橙色映像，不斷交替地出現在倒映中。

鳥語花香的清晨，老和尚離開了曼德勒山腰滿種橙紅色勒杜鵑的寺院，穿過晨霧瀰漫的叢林小徑，往通向舒暢神舍的唯一車道進發，他希望途中能夠遇到善心的司機，以便乘上送他一程的順風車。他的手上提著一張通花的硬卡紙，腋下夾著另一張同一設計，用木炭擦印出來的簿紙張；前者用來放在鏡片上，按通花把鏡片𠝹出來，後者是把紙樣貼在修補的實物上，然後按圖把𠝹好的鏡片黏上去。今次要修補的圍柱面積較大，所以和尚提著卡紙，也頗為吃力。他一邊走，一邊留意後面的車聲。

一個小和尚從後追趕上來，肩上的黃色小布袋滑在手裡，到了老和尚跟前，他把布袋斜背在另一肩上，並立即幫手替長者提卡紙。

「又是你……叫甚麼名字？」

「小酒窩。」答與問句連在一起，其間找不著標點問號，急口令般的自喊名字，更加速了跑上山的喘氣。

「那天，在命貢，是否……因我而登船了。」

「噫，我想坐船，我從未坐過船，那是第一次……所以暈船浪……作嘔。」小孩子一直找藉口，一邊又想扯開話題。

「咊咊」、「咊咊」後面有汽車上山了，司機把車小心地慢駛到老和尚側跟停下來。車頭司機旁的位置已坐了兩位和尚，車後的兩個跟車立刻跳下車，先扶老和尚上車，和尚提腿登車前，打算取回小酒窩手上的硬卡紙，另一位跟車立刻接過了。

「為甚麼今天不去上課？」老和尚以質詢的口吻提問小和尚，雙眼即轉到他肩上的小布袋，上面印有山下一間專門收容孤兒的和尚寺名。

本來打算跟著登車的小酒窩，即時退下一步，剛才追趕上山的氣喘，還未平伏過來。他閃縮地再向路邊的草叢後退了兩步，可憐兮兮地瞪眼望著老和尚登車而去。

「……那是第一次……從未坐過船……」顛簸多彎的山路，只能動搖老人家的軀體，但那周旋耳邊的迴響，卻令他思潮起跌。那一幕，小孩子在船欄邊蹲著嘔吐，傾盆大雨打在他的腰背上，瀉下一道橙色的瀑布，沖走了煙雨朦朧中，背景裡漸逝的一堆紅土……同是一個小孩子，不知何年開始，每日已慣常地對著那一扇紅窗；年紀大概跟他一樣，頭一趟坐上了公車，倒褪的街景，並沒有令一個雀躍的小孩暈眩。想起來，太興奮了，像是昨日的事……

老和尚暫且放下手上的工作，打算明早回歸薩間山，他交待了一些修葺的草圖到維修的領班手裡，告別後，沿寺旁的長石級下山。

這一條建在木簷蓬下的古老梯道，兩旁沿欄設有善信捐獻而建的長板凳，椅背都刻上了捐贈者的姓名。一般遊客下山都喜歡棄車而踏上此道，所以近山腳的幾處梯間，都聚滿了售賣紀念品的攤販。老和尚似乎心有預感，所以很容易就發現了小酒窩。他前臂掛滿了檀香唸珠，手執檀香扇；每一石級都要用上雙腳踏穩的老人家，遠遠便見幾個遊人跟小和尚爭相合照，男女老少都確實不放過這對人見人愛，一見又傾心的甜酒窩。

黃色的小布袋掛在小販的椅背，老和尚瞥了一眼，便把無奈的眼光向小酒窩橫掃；小孩子恭敬地送上了一把檀香扇，老人家目無表情，雙手扶在欄邊，支撐著因氣喘而上下稍微升降的腰身。小酒窩提下椅背上的布袋，拿出一本很厚的草紙簿，左翻右揭下，露出了多片還未乾透的菩提葉，最後，他停下來，小心撿出一張面熟而乾透了的，拿著枝梗，雙手送到老和尚面前。

「這是先前您給我的，謝謝。我嘗試學做一些在簿內，還未乾透，有機會，我會選一些較好的送給您。」

「不用了。記緊……明早要到課堂上課去。」老和尚拿著一片菩提葉，下山去。拐了兩轉梯彎，他拿出筆記簿，正想把乾葉放回之際，發現葉背上一條蛇彎的紅線，由底向上，由粗變幼，粗的一邊，以橙色顏料繪了兩個和尚，雖然畫功幼稚，但一老一少的形象，卻呼之欲出。

翌日一早，老和尚已站在收容孤兒的和尚寺前，待上課鐘聲過後，他緩步進入了寺院，並朝主持的大堂方向走去。到了中午時分，寺院的後園出現了一老一少的和尚，老的腳步緩慢，年幼的跟在後面，故意拖慢步伐，讓長者領在前頭，兩人一直沒有回頭，向南踏上一條紅土飛揚的泥路。

每次離開繁華的曼德勒，老和尚總會在中途停留愛曼勒普拉（Amarapura）一帶的寺院，順道歇上一兩天，特別是烏本橋（U Bein Bridge）附近，是他最鍾情的驛站。這裡曾經是扭轉他後半生的轉捩點，在他最迷惘而徬徨的時候，他一度流連在這個十字路口，感到不由自主又身不由己的他，屢遇智者指點迷津、術士更強批他的命格，最終巧遇一位高僧大師，帶領他到對岸的薩間，並從此落腳在山上。

這個下午，他在面對烏本橋的一座寺院後園內，打坐歇息在大樹下，小酒窩與村童到橋下暢泳。未幾，小和尚已在湖中找來漂浮的竹枝，在泥地上展示他的畫功，老和尚知道這個小孩非常聰明，表演慾亦很強，加上膽色過人，形成有點自負。過去混身在古蹟旅遊區，每日過著兜售的日子，萌生貪婪之心，在所難免，老和尚在各方協調下，希望把這個稚子帶離位於繁華市中心的和尚寺，到較為傳統而保守的鄉間寺院去。對一花一草都瞭如指掌的薩間山，似終是一個令他有信心去提攜這個小和尚的地方。

他，曾經帶大了一個屬於自己的男孩，可能當初沒有經驗，也可能當時的疏忽，畢竟失敗了。現在也許是一個補償的時候，奈何，卻多多少少鈎起了彷彿是前塵的事。無論如何，現在算是一個新的開始，加上這次是一個突如其來，兼且自動請纓的責任，在不太了解對方情況下，初期，他還是縱容這個小孩子，任意讓他在泥地上打滾，若然這時太苛刻的話，說不定，到頭來明早還是獨個兒爬上薩間山，泥孩子可能逃之夭夭了。

老和尚享受地靜待日落西山，遙望著這條世界最長的柚木古橋。在背光下，一枝枝黑色的橋躉，承托著上面一組組活動的人群；黑影微透暗橙的僧人，從不被頭頂竹箕的小販打擾；牽手漫步的情侶，與追逐穿插在牛、羊的頑童共融橋面，互不碰撞；還有推著自行車的孤單黑影，尾隨了忠心的狗兒，這是一幅活靈活現的人民生活，每日如是地重演著。哪怕經年累月的潮漲、潮退，兩百多年來，這條黑色的生命線，仍是屹立不倒。老和尚可能不知道，眼前的美景，已被譽為世界上十大最佳欣賞日落之地，他此刻只在乎那道闊「金幕」裡，黑平線上，兩邊川流不息的「默劇演員」，對他啟發著無比重大而深刻的人生觀。

小孩子爬上橋要到對岸了，小酒窩沒有跟上去，他回頭望著老和尚有否示意，長者明瞭對方已循序認識尊卑，欣然步上木橋，滿足小個子到對岸的好奇心。

一隻黏有乾泥的粗糙小手，主動地拖著老人家的手慢步上橋，這是第二次兩人把手握在一起，老和尚不禁想起了命貢大塔前，因相扶而滑落在二人手中的串串茉莉，還有那耳邊的清香雨蘭……

兩人站在古橋上，小酒窩並沒有追趕他剛相識的嬉戲伙伴，手一直握著，耀眼的陽光令一雙大眼亦瞇成一線。小孩子無聊的問題，應景而生，遇物而問，聰明的小童大抵上都是自問自答，一番自言自語，總是說個不休。

日久失修的橋面，步履間吱吱作響，如響板般有節奏地伴和著老少的問與答。

超過百年風雨日曬，古木紋理清晰，每一步，每一問，老人家對小伙伴亦開始逐步了解透徹；經過每日步履殘踏，板木鬆脫疏落，每一歇，每一答，老和尚與小個子更逐漸認識緊密。慢慢地，汗泥讓小手黏起來，一時間，長者感到釋懷而不釋手。

湖水最深的一段，橋上建有避雨長亭，老人家睹座而歇。正值水漲船高的季節，木舟穿梭亭底，橋板闊隙間，船伕髮根亦清楚可見。觸景傷情的老人家，回想那六神無主的男人，在同一季節下，坐在同一板凳的位置，不同的，只是烏雲蓋天，雷雨交加的傍晚，橋上人跡渺茫，一念之差的男人，最後總算回頭踏岸。

想到這裡，老人家突然起勁拂袖站起來，為了擺脫不快的幻象，他不顧身邊背向自己的小孩，獨自離座，回走那天孤身上路的方向。

橋頭小丘上，佛寺高塔在望，風雨中的當天，也許就是塔頂鐘聲喚醒了身披黃衣的亭中人，驀地明白箇中道理而瞬間懸崖勒馬，回步正軌。日仍懸空，夕霞初現，橋端開始聚滿賞夕遊人，小販熙來攘往。好不容易，二人方能離橋踏上堤岸。橫過參天白樺小道，眼前引來古剎門廊，大小和尚不約而同，齊步踏入神廟。

這座護守橋頭的道明寺（Taung Mingi Pagada），每根柱飾，都會觸發老和尚的無窮構思，是用以修補舒暢神舍的靈感泉源，故此，每逢橫渡烏本橋，足跡必達道明寺。

老少和尚，一前一後，走在紅柱長廊間，依山拾級而上，前者急欲參拜神靈，後者陌地參觀而漸趨墮後。鑲有精工金色鏡片的廊柱，可直達極盡華麗的神舍。兩旁嵌上細緻藍鏡圖案的巨柱，高聳得令觀者感到盪氣迴腸，紅色天花頂旁的一副天窗，自然光更使柱身亮得像通花的大光管一樣，營造了另一耀眼風格的室內玻璃神殿。

二人蹲拜兩柱間，仰望神像，差不多頭頂屋樑的坐佛，大得不能從兩柱間的空位，盡見整座白色佛身。小酒窩好奇地從底仰望鮮紅厚脣的佛相，看見兩側的佛耳，長長的耳珠，垂到佛肩上而難以目睹全耳。

老和尚慧眼凝神，口中唸唸有詞，已不妨，亦懶理，身邊小個子早已溜出了大殿。

夕照令環抱的柱頂玻璃逐漸變色，老和尚盤坐一隅，頓感夕陽即逝，原本目不轉睛於天花的昂首，突然來個環顧四周後，倚牆站起來，雙眼再三視察任何角落，邊看邊步出殿門。

長廊右側傳來小酒窩不尋常的聲音，夾雜著白樺樹頂百鳥歸巢的吱喳，老和尚心惴有點兒不對勁，於是朝聲加快腳步，探個究竟。

「你說，我怎會不能坐船，我是由命貢來的，坐船來呀……聽到嗎？」小酒窩的煩躁聲音，愈急愈響。

一個在側園擺檔批命的北方山寨老人，正停下筆，站起來，小酒窩被他鑑掌的小手，亦在這時，從他掌中迅速縮了回來。

「不得無禮！」老和尚勸喻式的警告，語氣來得亦急了一點。

山寨男人目瞪老和尚，一對專業的銳利眼神，凝望一副似曾相識的面相。片刻的靦腆，目光又落回小長桌上剛寫好的字條。

「啪」的一聲，小傢伙一手執上字條，箭步長廊，奪門而奔；小袈裟一揚，嚇得樹頂群鴉高飛，驚弓之鳥，吵耳欲聾，大紅穹蒼，頓變烏天黑地，有如風煙亂世，不可收拾。

兩個老人對望一隅，臉露凝重神色，雖是陌路相逢，但看來各懷臆測似的，老和尚退下一步，不辭而別，化解了一場矛盾的僵局。

小酒窩在橋下岸邊東張西望，船家正紛紛忙碌泊岸，把到湖中暢遊觀夕的客人，一一送離岸邊，老和尚步履不穩地走下草灘，小酒窩迎了上去相扶，只聞氣喘而不發一言的老和尚，向船家直指對岸而登了船，船夫安頓好長者，回頭把小的一個也拖了上船。

「哈哈，那個老鬼的說話，果真不靈驗，你看，我已即時有船載了。」說完，笑著回頭向道明寺的方向揮手。

「不得無禮。」才方說過用以責難輕言的語句，又再重複。自行選擇坐在船尾的老人家，看似心事重重；船隻離開岸灘前，他轉頭回顧了一眼道明寺，上空盤旋著的回巢鳥，帶來夕陽中一聲長嘆。

船到湖中，眼利的小酒窩發現水面魚群，小身體搖擺地屈膝站起來，抛出手中揉成一團的草紙，勞氣地嚷道：

「去你的甚麼算命！」

老和尚三緘其口，水流把草紙向船尾手中送。傍晚迎面而來的涼風，吹不起急手撈起水中物而弄溼的拂袖，更吹不動滲水難化玄機的草紙，一雙顫抖的手，讀出霧氣飄鎖的紙中字：

船，無甍；

舶，無岸。

蒲甘夕戀

晨曦初露，薩間山的樹頂，仍被一層朝霞籠罩著，淡微橙金色的晨光，透過樹梢，照在一行化緣後，正急急踏在歸途中的和尚身上，帶頭的小和尚，輕輕敲響了最後一聲吊磬，便衝入寺門，往大堂走去，裡面大木窗下，老和尚獨自閉目打坐。

千里迢迢，老僧人就把小孩從曼德勒山帶到薩間山，不多久，小孩子自自然然地走入了出家人的行例，被命名為小果，從此，就長居在寺內一所學校，接受供書教學；可能是老和尚一手提攜之故，小果時時刻刻都在老人家身邊，跟隨左右。

老和尚帶著小果住在薩間山上，偶爾會一起走訪曼德勒的舒暢神舍，這也是彼此外出最遠的行程。今天，寺院主持鼓勵他，若然體力上可以應付的話，嘗試到緬甸境內其他較遠的地方，拜訪一些道行高深，而且遠負盛名的大師，吸取更多寶貴的佛家思想，充實自己的經驗。由於老和尚仍不大了解緬甸的地理環境，他首先選擇了曾經到過的蒲甘，掛單在琥珀嶺，小果亦同行。

琥珀嶺上的寺院，非常荒涼；沿途野猴滿山，路旁與山洞中，偶有高僧靜坐圓寂，軀殼不敗。山峰上的金塔寺，最為宏偉，除了外圍的彩條基石，寺院內的五彩地磚，更是由不同的善信，日積月累地，一片一片的捐贈而鋪成。在這萬紫千紅的地台，觀看天象，更是賞心樂事。

黃昏前，老和尚替小果上了一課牧童笛，之後，小果去了預備睡前的晚課。老人家獨自留在花磚地台上打坐。

＊＊＊

匆匆十年時間的過去，又把唐尼帶回緬甸，剃度成僧，這是每十年的承諾，也是唐尼對母親許下諾言的承擔。今次已是第四次，也是出家時日最短的一趟，他只當了三天和尚，便還俗了。十年來，唐尼總是有點牽掛，是內心與行為都存在著一種逃避的牽掛。所以，他還是來了蒲甘，作為今次出家的出發點。

還俗後當天，他已踏足帥古寺，如今，這裡已被當地政府封存了外圍，可能過去二十多年已被過分開發的緬甸，使大量遊客駱驛不絕，蒲甘始終是世遺文物，應該受到保護。於是，唐尼在無法進入寺廟的情況下，只好在外圍漫步。

帥古寺被粉飾了，雪白得令人難以接受及理解，找不到任何說服力，去印證這是一座近乎千年的古跡。高高在上的大平台，那列圍繞寺廟的蒼勁羅望樹，亦不知所蹤。面目全非的景象，令唐尼拂袖而去，並誓言永遠不復舊地。此刻，他生氣、發忟，原因是新景象就快奪去他僅有剩餘的記憶，可能唐尼害怕，那褪色的回憶，會洗刷乾淨舊日他那欲拒還迎的思緒，那種間中給他遺留下來的點滴慰藉。他討厭那雪白無瑕的粉塑，因為它掩蓋不了唐尼在那裡的昔日傷口。今時此刻，他又回到這裡，是一處莫煩凡與他的終結點，他要從新找出自己的定位，排除自己一生的劣根性。他多渴望自己再度踏上莫煩凡在澳門的計程車，但他更害怕披著袈裟的莫煩凡，悠然踏出帥古寺。

這個黃昏，唐尼呆坐在琥珀嶺對開山頭的渡假村，他打算以此為基地，再花一段時間去打聽莫煩凡的生死。

懸崖上的露天茶座，面對著琥珀嶺的金塔寺；錯覺上，寺院與餐廳成一平行線，雖然，在這裡清晰可見一道繞梯，圍著山嶺直達峰頂的廟宇，其實彼此卻分隔甚遠。

唐尼獨自坐在懸崖茶座最靠邊的用餐區，檯上啃了一口的蛋糕、冷了的咖啡，被擱置一旁。溫暖的夕陽，曬在他剃了髮的頭上，分外溫暖。他望著煦爛的陽光曬在琥珀嶺上，整座奇峰都變得金黃。

隨著夕照減弱，山谷的霞氣上升，琥珀嶺已在騰雲駕霧。唐尼躺在椅上，垂眼看著金塔寺的金頂，刺眼的光在日落後，金頂已變成古銅色。除了自己的呼吸聲，迴旋山谷的漸強晚風，送來塔頂微弱的鐘聲。怕且是過去的十年煎熬，唐尼對這鐘聲、夕陽，以至即將來臨的星空，都似乎很有歸屬感。在夜幕中，他享受著「歸屬感」的應驗，他更渴望眼前能夠面對莫煩凡的出現。暗藍的天幕，一道早來的流星，如不速之客般，從頭頂上劃破天空，朝琥珀嶺的金頂射去。

在金塔寺露天地台上的老和尚，如被繁星圍攏著；打坐完畢，正想起立回寺，見流星掠過，他順著流星的方向，張開了手掌，佯作接在手中。寒夜的降臨，他以連綿的咳嗽聲回應。

徹夜難眠的唐尼，晨早聽到獨立房的前園傳來人聲，管房與侍應按鐘後送來早餐，唐尼吩咐管房把早點送到露台的桌檯上，自己亦一路隨後跟了出去。

在長長的露台上，管房把鬆下的竹簾，逐一拉起，溫暖的晨曦打在地板上，與從長板縫鑽上來的山谷冷空氣，形成了強烈的感覺對比，唐尼沙龍下的雙腳，一隻踏著另一隻的腳背，輕輕摩擦。

寬敞的長廊式大露台，盡收一望無邊的山景視野，唐尼被琥珀嶺如仙景般的朝氣所吸引，倚欄細賞著山間的煙霧漫舞。繞峰盤旋下山的石梯路，經過整晚夜霧的洗禮，石板在晨光透過朝霞照射下，時光時暗地如鱗片般泛著銀光，驟眼遠看，猶如一條盤山而蠕動的銀腳帶。谷底的石梯路口，隱約出現了一行由金塔寺下山化緣的和尚，這條棕色的小蜈蚣，慢慢地走向附近的村莊。

山谷雲霧淡薄之際，峰梯間還有兩個和尚，仍未隨隊步落谷底，看來是一老一少。唐尼惴測老的必然體弱多病，因為年少的一個，時刻在前停下腳步，老的亦不時手掩胸口。

唐尼曾是出家人，箇中原委，他當然略為明白。此刻，他只佩服這個老人家，為求一日一餐之飽，縱使這樣辛苦，仍不假手於人；這種自力耕生，親力親為的恆古生活哲理，是緬甸僧人的刻苦寫照。突然，一陣濃霧吞噬了梯間的兩個和尚，白濛濛的一片空白，繼續啟發著唐尼的思維。他轉了身，雙腳已立在地板上，陽光透過他小腿間的紫藍色沙龍，棉布上的幼間金線條在微風中閃爍。早餐冷了。

風和日麗的一天，玉珀盪市集旁邊的一棵百年鳳凰木，把藍天塑上了一大片鮮橙的粉彩。樹下集結了當地傳統的代步馬車，木製的巨大車輪與車廂，都塗上了各有特色的鮮艷彩繪，車伕倚在巨輪邊抽煙談天。

以前簡樸的小鎮，隨著過去十年來緬甸的對外開放，市集亦逐漸追上潮流。正如這間位於鳳凰木旁邊的餐廳，店主可能是從外洋回流的本地人，食堂的裝潢，尤似一間舊式愛爾蘭酒吧，難怪吸引了一班歐美遊人在此聚集。

接近大樹下的一張露天長餐檯，正坐滿了幾個洋人，當中只有五個是亞洲人，其中一個是染了棕紅色卷曲長髮的女人，她亦是這群談笑風生的遊客中唯一的女性，看來也是最年長的一個。所以主持大局的她，駕輕就熟的把食物從侍應手中，禮貌地接下來，分配到長檯的每一個角落。她爽快地完成了所有鋪排，滿意地返回酒吧前她就坐的位置。坐下前，她清理了檯面幾片剛飄下的橙紅色鳳凰木，手腕上的佛珠子，碰在木檯上，咯咯作響。

饞嘴的小果，可能想嚐愛爾蘭西洋餐，他手抱漆器，突然從樹後跳出，站在長餐檯前，雙眼望著棕髮的女人。小果的視線，亦同時吸引了女人後面一個坐在吧台、頭戴紳士帽、鼻托眼鏡的男人，他停閱手上的新聞紙，望著化緣的小果。千愁百緒的臉孔，配合著下滑鼻梁的老花鏡片，無神的雙目，似看非望的對不了焦，近乎透支的憔悴。

棕髮女人看見了可愛的小和尚，像眼前一亮的心花怒放，笑著露出了日久變質而略帶淡灰的門牙。不假思索地給小果進行化緣報施，肯定她是一個深明緬甸佛家習俗的虔誠善信。就在她驀然站起來的一刻，正好遮擋了後面戴帽男人面對小果的視線，失去焦點目標的他，轉頭便繼續埋首在報章上。

與此同時，老和尚從大樹後走出來。

還未站穩腳步的老和尚，登時打了一個寒顫，臉上惶恐的肌肉伴著拉緊的眼袋。他一眼便認出了那魂牽夢縈的熟悉背影，還有那頂在的士倒後鏡特寫良久的帽子，是當日唐尼在澳門塔石街買的，稀有的顏色令人一見難忘。那些色彩，那些片斷，一幕幕的像海嘯般沖過來；穿了十年袈裟的人，誓死也猜不到，這一刻的巨大沖擊，快要令他走投無路，破繭而出。他，此刻方才醒覺，過去十年並不存在，這分鐘才是延續十年前的開始，莫煩凡，徹底現形了。

莫煩凡見那一如往日魁梧的背影站起來，正打算走向賬櫃。他立刻後退，竄回大樹後，埋身於七彩繽紛的馬車間。從車縫中，他見唐尼按了手機，無名指上依然套著那閃亮的紅寶石戒指，之後他撥了幾張特寫照片給掌櫃的人檢視，掌櫃的搖了幾次頭，唐尼失望地走了；他與小果擦身而過的時候，燃了一根煙，迅速地深深吸了一口；他仰望上空，呼出了淡淡的灰藍，他那無語問蒼天的神色，沮喪而氣餒。

淡藍的輕煙，吹向馬車。莫煩凡像抽泣般，不呼氣地，急忙的連續吸氣，鼻孔上揚的他，頭部隨煙慢慢轉向肩膊，尾隨那股逐漸淡薄的煙味。

扶著馬車的雙手，一直顫抖著。此刻內心突如其來的衝擊，像觸電般，很快令他全身震抖，抽搐的身體已使他站不穩。最後，他倒在樹幹的坑位內，背靠大樹，雙手垂直，他恨不得永遠留在這小小如同棺木的空間，莫煩凡崩潰了。一陣狂風掃落花，鳳凰木在吐血。

往日，也許他曾經去愛，但以為自己從未感動。

今日，肯定他依然去愛，但卻變成絕緣的感動。

＊ ＊ ＊

蒲甘被群塔環抱的一段伊洛瓦底江，是整條江水在緬甸境內流域中，被譽為最神祕的一段。黃昏前，兩老少漫步江邊。莫煩凡在最近通往帥古寺的交叉路口停下來。他從小果背著的布袋，拿出牧童笛，然後用笛指向帥古寺，口中唸唸有詞地撫摸了小果的頭頂，便揚手向他道別。

莫煩凡目送小果消失在堤岸邊，自己亦繼續沿江蹣跚地前進。江邊漁夫唱著世代相傳的古老情歌，莫煩凡停下步來，望著遠方一座高塔。十年前，一個聲音雄厚的男人，在迎接晨曦中，唱著意大利歌劇的一幕，歷歷在目。漁夫的聲浪，很快又把莫煩凡拉回現實。

「他的面頰，美迷夕陽。
他的眼神，深潛江河。
只要敢愛，
今夕共賞斜陽，
他朝隨江而去。」

前面燒車呔的濃煙升起，莫煩凡朝煙而行，到了江邊一間寺廟的後院，他繞道經過一片相思林，正藉開花季節的高峰，兩面隨風搖擺著高高的黃花。薰香撲鼻的通道盡頭，正好對著對岸山峰上的金塔，雖然沒有第一道晨光的照射，金頂依然耀眼，莫煩凡只嘆當年兩人許下的心願，至今尚未如願。但瞪著眼前美景，他感到又夫復何求。

岸邊濃煙火頭處處，莫煩凡站在石灘上，感到人生苦短的唏噓，雖則無常，但撫心自問此刻的心境，身披袈裟多年，修行尚且膚淺，區區一點雜念，亦未能遏止及控制自己的思想。現在年事漸高，以身作則，自問對下代難以為師，更遑論達成正果。

此刻，老人家在咳嗽聲中，拖著疲累的身軀，舉步為艱地朝著被濃煙燻黑的夕陽而行。地上吹起微風，帶來岸邊紛飛的種子。莫煩凡拾起了一片，放到掌心，圍著黑色種子的米白色薄片，遲遲未有捲起。他抬頭望著透光的薄片，隨風漫天飛揚，在灰煙蒙蔽的陽光下，有如燈蛾撲火自焚，咳嗽的老人家緩步而垂頭喪氣地逆流而上。

到了最接近火葬場的岸邊，莫煩凡不理會袈裟盡溼地走到水裡，以雙掌兜起帶著氣泡的江水，瓢進口裡。他的眼神，恨恨地望著近岸的灰綠色江水，再遙望對岸的山頂金塔。他以手輕揉水面，期望著某時某日，曾經向他透露自己所祈願的歸西者，會如願地在這裡流過。

被圍封的帥古寺，後面是一片釋迦果園，在夕陽最後一道光線下，莫煩凡熟悉地爬了進去。他站在寺內一處角落，一手扶著牆身，默默垂首望著塵封的地磚。一隻赤腳，像勘探地雷的儀器般，來回輕撫一處地面，偶然閉目不動。

大窗的梯間，傳來幾下咳聲，未幾，莫煩凡掩著胸口，倚在觀景台的牆邊。通紅的天空，把雪白的牆身，染成粉紅色，橙色的袈裟，看來亦變成了鮮紅。掩著胸口的手，指縫間黏著鮮血，喘急的呼吸，加劇了顫抖的手，從中指下縫流過無名指背的鮮血，泛著暗紅的光，驟眼看來，儼如套了一枚鑲滿紅寶石的戒指。

老人家時閉時開的雙眼，望著變成紫灰色的雲端。垂著大腿邊的手，拿著牧童笛，拇指慢慢地在刻有四個大字的表面遊戈。這四個字，是往日他把笛子傳給小果時，自行用刀刻上的，上書「花小果大」，這正是他給小果的法號。

四大皆空的老和尚，到頭來陪伴自己的，就只有這枝牧童笛；悲愴的愁容，與紫灰的天色融為一體，百感交雜的淚眼，牢牢地落鎖在笛身上。他的一根食指，吃力地往笛的末端小孔內挖探著，一卷摺得很幼細的草紙，被他張開並展示在眼底下，一時加劇的抽泣，化開了草紙上的朵朵玫紅。

十年來，聽著催眠曲而蜷縮沉睡的一片薄紙，倏然略施紅妝的洗禮，但命理上，一切都並沒有改變；過去的歷史，卻印証了命運的存在，如今，它又再次原封不動地被擠回底孔內。

夕陽殆盡後，晚風中，帥古寺傳來斷續的笛聲。是改編蕭邦的G小調敘事曲。速度明顯地緩慢，停頓間，夾雜著塔頂被風吹動的鈴聲，分外悽怨。最後，主音樂句未能去到樂譜上的雙節線，只遺下嘯嘯寒風、破碎鐘聲，作為伴奏了終結的尾聲，絕唱了這首無人知曉、滄桑而遺憾的「蒲甘夕戀」。

瀰漫著朝霞的帥古寺，像分隔了凡間的一道防線，白紗似的煙霞，令塔身更白。

晨光中，徐緩升起的幾個熱氣球，遙遠地投影在地上。長長的黑影，像逃脫黎明的幽靈。

從高空下望，白塔間，一點不動的紅。晨風吹過，袈裟輕微顫動，這算是塔上唯一的氣息。

一個暗紅色的熱氣球，吹近了帥古寺的塔頂，漸漸地投影在塔上。剎那間，一陣強風吹過，袈裟迅速被風掀揚。熱氣球的影子剛巧在橙黃色的袈裟上慢慢略過，橙黃逐漸變成棕紅。持續的強風，使漸變色的薄棉，驟看像兩件蜷縮的袈裟在糾纏中翻滾、又翻滾。突然，風止息，投影離開了袈裟，一隻凝固血跡的手，撒手在氣球黑影中。

烈日當空的碧藍天，一行尼姑行經帥古寺。身上淡紅色的長袍，下擺露出橙紅色的袍腳，頭頂一餅白色的卷布以防日曬。貓步般的行列，冉冉橫過古寺門前的小路。

一聲小孩的叫哭，令最後一個以布掩面的尼姑，停下步來。

小果拿著牧童笛，哭叫著，奔出帥古寺。離隊的尼姑，一雙疑惑的眼，隨著掀開掩著鼻梁的布，變得憐憫。她驀然回首，面貌長相明顯地是一個年青的中國尼姑。她驚鴻一瞥的眼神，眉宇間的氣質，清秀的輪廓與樣貌，出奇地與年輕時的常修女，一模一樣地吻合。

她，默默地，凝視著。塵土飛揚的小路上，還依稀傳來小孩的嚎哭。

遺章、遺笛

身體倒下的一刻，笛子滾到觀景台的石階口，塔下吹上來的晚風，與塔頂交會的氣流，令笛子在平台上慢慢左右滾動。一雙依依不捨的倦眼，凝望著漸漸減速擺動的笛身，張口喘弱的呼吸，已令鼻孔感受不到因氣喘而飄起的地表微塵，貼地的耳朵，卻彷彿傳來微薄而不律的漏脈。陪伴終身的信物，伸手已遙不可及；鍾愛一生的化身，睜眼亦模糊難辨，一響塔頂擲落的鐘聲，將一切趨於寂靜。

猛烈陽光下，笛子被一雙小赤腳跨過；驚恐的哭聲，掀舞了一片狂亂的小袈裟，笛子亦同時迅間在那道一竄而過的投影下，消失了。

小和尚極速繞過一行尼姑，往小路直奔；手上隨步擺動的笛子，揮下一卷小草紙，正巧，跌在停步離隊的最後一個尼姑跟前。她放開以布掩著鼻樑的手，蹲身拾起了紙團，一邊回望在塵舞中消失的小孩。

笛子藏身木梯級內，渡過了整整十年的黑暗日子。那時，只有孤獨聆聽井邊傳來的清澈打水聲，後園鐵閘在地上拖行時的摩擦噪音，還有，猜測那快慢不一的腳步主人，就這樣，點點滴滴的一切，陪伴了一大段不能見光的昏暗歲月。十年埋身，萬死也猜不著，到頭來，還要在身內遺留十年不見天日的命章……

這刻，贓物身分早已不再，亦吐出了長久以來背負的批命，期待的，就只有在以後的日子裡，吹奏出那份延續情與義的牧歌。

刻著法號的笛子，既已找到新的歸宿，它，能否擺脫上一代的命運枷鎖，只有天曉。

一臉困惑的尼姑，望著染血的草紙，道出那難逃一紙的命判：

舟，折帆；

車，斷軸。

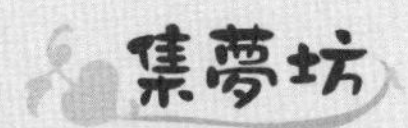

蒲甘夕戀

國家圖書館出版品預行編目資料

蒲甘夕戀／梅逸 著
-- 新北市：集夢坊，民103.07
面； 公分
ISBN 978-986-90110-4-4（平裝）

857.7 103007803

出版者●集夢坊
作者●梅逸
印行者●華文聯合出版平台
出版總監●歐綾纖
副總編輯●陳雅貞
責任編輯●黃曉鈴
美術設計●陳君鳳、吳宛臻
排版●陳曉觀

台灣出版中心●新北市中和區中山路2段366巷10號10樓
電話●(02)2248-7896 傳真●(02)2248-7758
ISBN●978-986-90110-4-4
出版日期●2014年7月初版

郵撥帳號●50017206采舍國際有限公司（郵撥購買，請另付一成郵資）
全球華文國際市場總代理●采舍國際 www.silkbook.com
地址●新北市中和區中山路2段366巷10號3樓
電話●(02)8245-8786 傳真●(02)8245-8718

全系列書系永久陳列展示中心
新絲路書店●新北市中和區中山路2段366巷10號10樓 電話●(02)8245-9896
新絲路網路書店●www.silkbook.com
華文網網路書店●www.book4u.com.tw

跨視界．雲閱讀 新絲路電子書城 全文免費下載 新．絲．路．網．路．書．店 silkbook.com

本書係透過全球華文聯合出版平台（www.book4u.com.tw）印行，並委由采舍國際有限公司（www.silkbook.com）總經銷。採減碳印製流程並使用優質中性紙（Acid & Alkali Free）與環保油墨印刷，通過碳足跡認證。